ひぐらし神社、営業中

東 朔水

ポプラ文庫ピュアフル

JN267045

ひぐらし神社、営業中

森田《もりた》さんが逃亡した。

ぼくがそれを知ったのは、定休の月曜日が明けた翌八月二十九日火曜日、午後五時二十七分のことだった。

天気の冴えない日だった。空一面を覆うどんよりとした鈍色《にびいろ》の雲の下、ぼくはいつものように自転車を転がして出勤した。私鉄の線路にへばり付くようにして広がるごたごたとした飲み屋街の一角に、ぼくが勤めるバー『カレイドスコープ』はある。間口が狭く奥に長い、いわゆる鰻《うなぎ》の寝床のような小さな店だ。スナックとスナックの間に埋もれるようにしてひっそりとたたずむ店の前で自転車を止め、ぼくはふと首をかしげた。

見慣れた飴色《あめいろ》のドアに、茶色い事務封筒が一枚、セロハンテープでぺたりと貼り付けられている。封筒の表には黒い油性ペンで、田嶋《たじま》くんへ、と書かれていた。小学生が書いたような下手くそな字は、間違いなく森田さんの筆跡だった。

恐る恐る、ぼくは事務封筒をドアから剝《は》がした。ぺらぺらの封筒の中には、三つ折りにされたB５サイズの紙切れが入っていた。多分、森田さんが帳簿《ちょうぼ》付けに使っていたノートから切り取られたものだろう。

田嶋くんへ　まじごめん　ほんとごめん
何度読み返しても、紙切れにはそれ以上の言葉は書かれていなかった。

眼前のドアを、ぼくはじっと見つめる。うっすらと、気が遠くなるのを感じた。

ドアには鍵がかかっていて、中に人の気配はなかった。

『カレイドスコープ』のバイト代は、二十五日締めの翌月一日払いである。給料は決して多くはない。だが、ぼくにとっては大切な日々の糧《かて》だ。ちなみに、貯金は皆無《かいむ》に等しい。

八月二十九日火曜日、午後五時三十一分。

暗雲の立ち込める空の下、ぼくは職を失った。

＊

「逃げたってほんと」

鍵のかかっていないアパートのドアを勝手に開けて入ってきた鬼ケ岳《おにがたけ》は、上《あ》がり框《かまち》でスニーカーを脱ぎながらぼそりとそう言った。坊主頭に汗が滲《にじ》み、陽射しを浴びてぬるりと光っているのが見える。

畳の上に寝転んだまま、多分な、とぼくは答えた。八月ももう終わりだというのに、六畳の和室にはむっとした熱気がこもっている。窓は全開、愛用の扇風機は今日も懸命に仕事をしてくれているが、生憎涼《あいにくすず》しさにはほど遠い。

森田さんの携帯は電源が切られていた。一応マンションを訪ねてもみたが、何度インターフォンを押しても応答はなく、電気のメーターは止まっていた。

「これ、差し入れ」

背中のデイパックを下ろしながら、鬼ヶ岳が白いビニール袋を卓袱台《ちゃぶだい》の上に置いた。畳から体を起こし、ぼくは寝癖の付いた頭を掻《か》く。

「なに」

「木綿豆腐とおから。今朝おやじさんがくれたから」

「いいのか？　お前の食糧だろ、それ」

「まあ、喜捨《きしゃ》の心」

卓袱台の向こうにあぐらをかき、どこか薄っぺらな感じの無表情を浮かべて、鬼ヶ岳は肩をすくめた。立ち上がり、ぼくはビニール袋を冷蔵庫にしまう。賞味期限過ぎてるから早く食った方がいい、と鬼ヶ岳が言った。

「しかし、まさかここに来て逃げるとは思わなかったよ。さすがに想定外だ」

「借金、あるって」

中途半端に呟《つぶや》き、鬼ヶ岳はデイパックからサンスクリット語の教科書を取り出す。インドだのネパールだのをしょっちゅうふらふら放浪しているせいで、二十三にもなっていまだに学部の三年生をさまよっているくせに、向学心だけは旺盛な奴だ。

「額は知らないけどな。ぼくには一応、そういうこと隠してるつもりだったみたいだし」

ふうん、と軽く鼻を鳴らし、鬼ヶ岳は広げた教科書に目を走らせ始める。いまいち真剣味の感じられない淡泊な反応だが、これがこいつの常態なので仕方がない。

卓袱台に頰杖《ほおづえ》を突き、ぼくは一つあくびをする。森田さんが『カレイドスコープ』を始めたのは四年ほど前のことである。元々自分の店を持つのが夢だったとかで、学生時代から方々のバーでバイトをし、バーテンダーとしての技術を学ぶ傍《かたわ》ら、地道に資金を貯めていたらしい。とうとう開店に漕《こ》ぎつけた時の喜びようは、今でも忘れられないほどだ。

「結局、五年も続かなかった」

教科書のページをめくりながら、特に感慨も覗《のぞ》かせずに鬼ヶ岳が言う。

森田の商売なんか上手くいくわけねえよ。五年以内に潰れるね。賭けてもいい。

あの時、原嶋《はらしま》さんはやけに忌々《いまいま》しげな顔をして、もくもくと煙草《たばこ》の煙を吐いていた。

原嶋さんは森田さん同様、ぼくが二年間だけ通っていた大学の先輩である。四年制の大学なのに、なぜ七つ年上の人が在学していたのかという問題は措《お》く。入学してすぐに、ぼくは彼らの手でとあるサークルに引っ張り込まれた。なんのサークルだったのかは、今でもよくわからない。大抵は麻雀《マージャン》をしていた。そのことを思い出すと、ぼくは忸怩《じくじ》たる思いに駆られる。貴重な青春を自堕落な遊びで棒に振ったとかいうことではなく、単純に金を毟《むし》られたからだ。毟ったのは原嶋さんである。

森田と原嶋を足して二で割れば田嶋になる、だからここで会ったのもなにかの縁だ、という意味不明な理屈をこねて、彼は純朴な新入生だったぼくを麻雀の奈落《ならく》に引きずり込んだ。まあ要するにめちゃくちゃな人だったわけだが、こと金銭の問題に関しては、類稀《たぐいまれ》な嗅覚《きゅうかく》を持っていたと言っていい。

上手くいくわけねえよ。

あの言葉が現実になったと認めるのは癪《しゃく》だ。癪だが、認めざるを得ない。

「妙なこととか、してなきゃいいけど」

鬼ヶ岳がぼそりと言った。思えば、このぬうぼうとした顔の男との付き合いもまた、あのサークルの部室から始まったのだった。

「妙なことって」

「まあ、夜逃げまでしたくらいだし、万が一ってことだけど」

ちらりとこちらを見て、鬼ヶ岳は薄い鼻息を漏らした。

万が一。脳裏《のうり》に浮かんだ不吉な想像を、慌てて振り払う。

「やめろよ、そんな。まさか、それはないだろ、いくらなんでも」

「だったらいいけど」

「嫌な言い方するなって。お前が言うと冗談にならなそうで怖いんだよ」

「金、あるの」

唐突に、鬼ヶ岳は話題を変えた。顔をしかめ、ぼくはがりがりと頭を掻く。

「まあ、一応、しばらく食いつなぐくらいならどうにか……あーでも、もうじき家賃の支払いがあるんだよな。早いとこバイト見つけないと」

「おれ、ないから、金」

「知ってるよそんなこと。誰がお前に金の無心《むしん》なんかするか」

なんでこうぼくの周りには金のない奴しか生息《せいそく》していないのだろうと思いながら言い返した時、不意にノックの音がした。薄っぺらな合板《ごうばん》のドアを、遠慮がちに叩く音。

「田嶋さん、おるかね。ちょっと話があるんだけどね」

隣家に住む大家の声だった。このおんぼろアパートとは比べものにならない三階建ての二世帯住宅に、大家は息子一家と共に暮らしている。

微妙に警戒心を抱きながら、ぼくはそろそろと立ち上がった。家賃の督促《とくそく》には早いし、ここしばらくは水漏れも起きていないはずだし、ゴミ出しのルールだってちゃんと守っているし、野良猫を餌付《えづ》けしたりもしていない。

サンダルを突っかけてドアを開ける。薄汚れたモルタル造りの外廊下にたたずんでいた小柄な大家は、ドアが開いたことにびっくりしたように、忙《せわ》しげに幾度も瞬《まばた》きをした。

「ああ、おったかね。よかったがね」

きついパーマの当たった白髪交じりの頭。古臭いデザインの小花柄のブラウス。始終梅干しをしゃぶっているような小皺《こじわ》だらけの口元を軽くすぼめ、大家は丸い目をきょろりと動かしてぼくを見上げた。

「田嶋さんあんた、相変わらず青っ白《ちろ》い顔しとるねえ。ちょっとはお日様に当たらんと体に毒だがね。若いからって不摂生《ふせっせい》しとると、年取ってから後悔するでね」

「はあ、すいません」

「あれ、お友達が来とるのかね」

にゅうっと、まるで亀みたいに首を伸ばして、大家が部屋の中を覗き込んだ。教科書を読んでいた鬼ヶ岳が、半分ほどこちらに顔を向けて申し訳程度の会釈をする。

「ああ、あんたかね。その節はまあ、いろいろ世話になったね。ええと、おにがしまさん、だったかね」

目を細めながら、覚束《おぼつか》ない口調で大家が言う。桃太郎みたいな名前で呼ばれた鬼ヶ岳は、表情も変えずにまた黙って会釈をした。

「あの」

なにかご用ですか、と訊こうとした時、大家の首がまたにゅっと縮まり、小皺に囲まれた目がぼくの顔を下から覗き込んだ。まるで観察でもするようにしげしげとぼくの顔を眺め、目を細めて唇を開く。

「田嶋さんあんた、年はいくつになるんだったかね」

「え？　えっと、二十三ですけど」

　なんでそんなことを訊くんだと思いながら答えると、大家は顔中の皺をくしゃくしゃと寄せて目を閉じ、ひどく大袈裟《おおげさ》なため息をついた。

「若いねえ……ええねえ、若い人は。あたしなんか、近頃はあちこち体がしんどくてね。足も腰もよくないし、物忘れもひどくなってきたし。お医者にもいろいろ通ってるんだけど、年だけはどうにもならんね。年寄りはいかんわ、ほんとに」

「いえ、そんな。お元気じゃないですか」

「なにが元気なもんかね。今年はシルバー会の旅行にも行けそうにないしねえ。体が利かなくなるちゅうのはほんとに、どうしようもないわ」

　はーあ、と言いながら肩を落とし、大家は首を横に振る。

「もうこんな年だしねえ、あんまり無理もできんし。このアパートも、もうあたしじゃ管理しきれなくなってきたしねえ。建物もほら、ずいぶん古いでしょう」

　同意を求めるように、大家はちらりとぼくの顔を見やった。その視線に、どことなく微《かす》かな違和感のようなものを覚えながら、ぼくは返事に困って黙り込んだ。

「ここは元々、亡くなったうちのおじいさんがやっとったのよ。それをあたしが引き継いで、まあなんとか続けてきたんだけど……もうこんな古いアパートじゃ、新しい店子《たなこ》さんも入ってくれないし、建物の維持も大変だしね。税金やなんかもかかるし。だからまあ、そろそろ潮時かねえって、思ったもんだから」

「え？」

違和感が大きくなる。違和感というか、むしろそれは悪寒《おかん》に近かった。

「今入ってくれとる店子さんにはほんと、申し訳ないんだけどね。あたしももう年だし、体もしんどいしね」

それはさっき聞いた。

「不動産屋に相談したら、まあそこそこの値段で買ってもらえるみたいなんだわ。せっかくおじいさんが遺してくれたもんだし、ちょっと惜しい気もするけど、仕方ないからね、こればっかりは」

仕方なくない。ぼくにとっては、間違いなく仕方なくなんてない。

「急な話で申し訳なかったけど、そういうわけなんだわ。今月いっぱいで不動産屋に引き渡す契約になっとるもんで、ここ、空けてもらわんとならんのよ。一応ね、あんまり急じゃあ悪いから、来月の十日まで引っ越しは待ってもらえるようにしてあるから。引っ越し先も斡旋《あっせん》してくれるって言うで、訊いてみてちょうだい」

「こ、今月いっぱいってあの、今日、三十日」

「ほんとにまあ、長いことお世話様だったね。こんなことになって申し訳ないけど、あたしももう年だから。ね。まあそういうことだで、よろしく頼みます。はいはい」

こちらの言葉を遮《さえぎ》ってぺこぺこと頭を下げると、大家はそのまますっと背を返し、とても足腰が悪いとは思えない機敏《きびん》な足取りでぱたぱたと階段を下りていった。

ドアノブを握ったまま、ぼくはのろのろと振り返る。表情のない顔でこちらを見ていた鬼ヶ岳と目が合った。

「金、貸してくれ」

「無理」

ぼそりと、しかし間髪容れずに、鬼ヶ岳が呟く。

逃亡したい、と心から思った。


S市鰊町《にしんちょう》というのが、ぼくが暮らすこの町の名前である。

海が近いわけでもないのに、なにがどうして鰊なのか、五年住んだ今でもよくわからない。ぎりぎり首都圏だと言い張れば通用しないこともない関東の田舎だ。東京の都心部に出ようと思えば、優に一時間以上は電車に揺られなければならない。山林を切り拓《ひら》いて造成された土地らしく、やたらと坂が多い。その坂道を、ぼくはとろとろと自転車で下っていた。天気は快晴。真っ白な陽射しが、容赦《ようしゃ》なく背中にのしかかってくる。

森田さんが逃亡してから今日で四日。大家に立ち退きを宣告されてからは三日が過ぎた。はっきり言って崖っぷちである。一刻も早く人生を立て直さなければ、もうあとがない。新たな仕事と新たな住居を手に入れるべく、残暑真っ盛りの今日もまた、ぼくはこうして自転車を漕いでいるのだった。

なにかがおかしいのではないかと、フライパン状態のアスファルトに目を落としながらぼくは考える。まず第一に、壁の薄さや雨漏りに耐えながら家賃三万のアパートに暮らしている人間に、あの不動産屋はどういうつもりで家賃五万、敷金礼金《しききんれいきん》十五万の物件なんかを嬉々《きき》として薦めるのか。更に、ただ日々を食いつなぐだけの収入を得たいだけなのに、どうして手頃なバイトの一つも見つけることができないのか。更に更に、一人息子の人生が最大のピンチに差しかかっているこの時に、頼みの綱たる両親は、なんで十五日間東南アジアの旅なんかに出かけているのか。

「天中殺《てんちゅうさつ》だ……絶対そうだ」

歯ぎしりをしつつ、自転車のペダルを踏みしめる。僅《わず》かにスピードが上がった瞬間、前輪ががたんと音を立ててなにかにぶつかった。慌ててブレーキをかける。

目の前にあったのは、鮮やかな赤色のパイロンだった。道路をふさぐようにして数個のパイロンが並び、その上に黒と黄色の縞《しま》が入ったプラスチックのポールが渡されている。

『水道管補修工事のため通行止めです　迂回路《うかいろ》をご利用下さい　ご迷惑をおかけしますが、ご理解とご協力をお願いします』

「迂回路?」

自転車を降りて辺りを見回すと、並んだパイロンのすぐ右手に、民家に挟まれた路地が一本見えた。ああここか、と思いながら自転車を押して歩み寄る。

やたらと狭い路地だった。軽自動車がやっと通れるくらいだろうか。しかも傾斜がかなり急だ。両側にみっしりと建て込んだ民家によって陽射しが遮られているせいか、カンカン照りの日中だというのに路地は薄暗く、なんとなく湿っぽい空気が漂っている。

自転車を押し、ぼくはその路地に足を踏み入れた。左右に並んだ古びた一軒家は、どこもしんと静まり返っている。人の気配はない。時折洗濯物が目に付いたが、障子という障子が破れ果てていたり庭先が雑草で荒れ放題になっていたり、明らかに空き家と見える家も少なくなかった。どこからか蟬の声がする。

急な坂道をしばらく下っていくと、唐突に視界が開けた。坂の傾斜がぐっと緩くなり、道幅も幾分広がる。突き当たりには、ほぼ九十度に折れる左曲がりのカーブがあった。錆《さび》の浮いたガードレールの向こうに、駅前一帯の景色が大きく広がっている。私鉄の線路に沿って流れる川と、ごちゃごちゃとした飲み屋の群れ。商店街のアーケード。青空の下に広がるそんな風景を横目に眺めながら、ぼくはガードレールに沿ってカーブを曲がった。

そして、思わずその場で立ち止まる。

九十度に折れたカーブの先に、なぜかガードレールが立ちはだかっている。アスファルトの舗装路《ほそうろ》はそこでぶっつりと途切れ、ガードレールの下には青々と草が茂っていた。

慌てて、ぼくは行く手を遮るガードレールに駆け寄った。コンクリートブロックで覆われた、直角に近い角度の崖が足下に広がる。その下には一車線の道路が延びており、赤い乗用車が一台、右から左へ滑るように走り抜けていった。

しばし茫然《ぼうぜん》としてから、ぼくはようやく、道を間違えたのだということに思い至った。気付いた途端、なんだかどっと疲れが湧いた。通行止めに袋小路《ふくろこうじ》。今のぼくにとっては皮肉を通り越して、もはや嫌がらせのようにさえ思えてくる。

もう今日はこのまま帰って寝よう、と思いながら、通り抜けてきたばかりの路地に戻ろうとした時のことだった。正面からざわりと風が吹いてきて、ぼくはふと顔を上げた。

さっきは気付かなかったが、カーブの膨らみの向こうにもう一本道が見えた。道路とは呼べないような、草の生えた土の小道だった。真っ直ぐに延びた小道は、真正面にそびえる鬱蒼《うっそう》とした杉林の中へ吸い込まれるように消えていく。天を貫かんとするような、高く濃密な杉の木の群れ。その木々に取り囲まれ、あるいは木々を従えるようにして、まだらに苔に覆われた灰色の大きな鳥居《とりい》が、小道をまたいでたたずんでいるのが見えた。

ざわざわと、まるで意思を持つ生き物のように、杉の木々が蠢《うごめ》いた。林の中から吹いてきた風が、しばらく散髪をさぼっているぼくの髪を掻き乱す。

風に乗って響くサイレンのような蟬の声を浴びながら、ぼくはしばらくそこに立ち尽くしていた。それから、吸い寄せられるようにして小道に足を踏み入れる。アスファルトよりも軟らかい土の地面の感触が、スニーカー越しに足の裏を押し上げた。

近付いてくる濃緑の杉林が、こちらを圧倒するほどひどく大きく感じられた。

「重い」

路上駐車した軽トラの荷台から電子レンジを持ち上げた鬼ヶ岳がぼそりと言った。

「替えるか？　こっち軽いけど」

衣類や日用品を詰め込んだ段ボール箱を示して訊いてみたが、鬼ヶ岳は黙って首を横に振った。一反木綿《いったんもめん》みたいな厚みのない体格はぼくとそう変わらないが、豆腐屋のバイトで日々鍛えられている鬼ヶ岳は意外と肉体派だ。この軽トラも、今日の引っ越しのために鬼ヶ岳が豆腐屋のおやじさんから借りてきてくれたものである。

それぞれに荷物を抱え、ぼくらはマンションのエントランスに向かった。鉄筋コンクリート造五階建てのマンションは築十八年だという話で、元は白かったのだろう外壁はベージュと灰色の中間のような色に染まり、ところどころに黒っぽい染みが付着していた。だが、どれだけ古かろうがあのおんぼろアパートよりは遥《はる》かにましだ。

六畳一間フローリング。ミニキッチン、ユニットバス付き。駅まで自転車で十分。敷礼ゼロ。共益費込みで、家賃は三万五千円。

「いいマンション」

二十五部屋分の郵便受けが並んだ、エントランス兼自転車置き場を通り抜けようとしたところで、後ろからやって来た鬼ヶ岳が言った。こいつの喋《しゃべ》るセリフは、疑問文なのか感嘆文なのかちょっと聞いただけではよくわからない。抑揚がなさすぎるせいだ。

「ああ……まあ、ラッキーだったよな」

曖昧《あいまい》に、ぼくはうなずいた。九月八日。森田さんが姿を消してから、かれこれ十日が経とうとしている。もう十日というか、まだ十日というか。

ラッキー。自分で口にした言葉を、ぼくは胸の中で反芻《はんすう》する。

「捨てる神あれば拾う神あり」

聞こえてきた言葉に、どきりとした。歩きながら、鬼ヶ岳は小さくくしゃみをした。

エントランスの突き当たりにある階段を上り、三〇三号室の新居に荷物を運び込む。冷蔵庫と洗濯機で些《いささ》か苦労はしたが、それでも十回に満たない往復で引っ越し作業は終わった。フローリングの床に腰を下ろし、ぼくは三軒隣のコンビニで買ってきたばかりの麦茶を鬼ヶ岳に手渡した。自分の分のコーラを開けて、適当に乾杯する。

「あのさ」

しばらく黙り込んでから、ぼくはできるだけさりげない口調を意識して口を開いた。愛用の扇風機の稼動音が、新しい部屋の中にやけに大きく響いているような気がした。

「お前、神社って行くか？」

コーラのラベルに目を落として、ぼくは訊いた。鬼ヶ岳が平坦《へいたん》な眼差《まなざ》しをこちらに向け、麦茶のボトルから口を離す。

「神社」

「初詣とかさ」

「仏教徒だし」

あっさりと言い放って、鬼ヶ岳は汗ばんだ坊主頭をざらりと撫《な》でる。

「まあ、そうだろうけどさ」

「あんまり行ったことない。実家が寺だし、正月あんまり関係ないし」

「あれ、でも除夜《じよや》の鐘って寺で撞《つ》くよな？　寺に初詣行く人だっているだろ？」

「門松《かどまつ》は、冥土《めいど》の旅の一里塚《いちりづか》」

「は？」

「うちの親父は、クリスマスには鶏《とり》の丸焼き買ってはしゃいでるけど」

面白くもなさそうな顔で、鬼ヶ岳は肩をすくめた。

コーラのボトルを両手でいじり回しながら、ぼくはちょっと身じろぎをした。どういう角度で攻めるべきか対策を練りながら、コーラを一口飲んでまた口を開く。

「えっと、じゃあその、なんかさ、困ってることとかないか？　悩みとか」

麦茶を飲んでいた鬼ヶ岳が、不意にぴたりと動きを止めた。顔面の筋肉を微動だにさせないまま、目の中にだけ怪訝《けげん》そうな色を浮かべるという高等技術を駆使して、じっとこちらを見つめてくる。

「なに、急に」

「いや、なにっていうか……別になんでもないんだけどさ」

目を逸《そ》らす。事情が説明できるようなら苦労はない。

「まあ、世間話だと思えよ。なんかないか？　ほら、金がないとか」

「金はないけど、別に困ってないし」

深く追及はしないが真面目に相手もしない、というような調子で鬼ヶ岳が答える。確かにこいつの場合、金がないことと金に困ることは素直にイコールでは結び付かない。

「じゃあ、お前じゃなくてもいいよ。知り合いとかでさ、なにか解決したい問題があるとか、悩んでることがあるとか、そういう奴誰かいないか？」

「それ、世間話」

麦茶を飲みながら、今度ははっきりと胡散臭《うさんくさ》そうに鬼ヶ岳が呟く。まあそうだとぼくは答えた。そう言い張るしかない。

鬼ヶ岳はしばらく黙っていたが、やがて口を開くと、うちのアパートの、と低く言った。

「隣の部屋の奴が、前期試験のレポートに不可が付いたって、落ち込んでたけど」

「それは、ちょっと違うかな」

「違うってなにが」

「あ、いや別に。えっと、他には？　他にはなんかないか？」

「他……付き合ってる女から、メールの返事が来ないとか」

「うーん……次」

「無限二日酔いから抜け出せないとか」

「無限二日酔いってなんだ？」

「毎日飲むから」

「それは悩みごとじゃないだろ」

駄目だ。ろくな奴がいない。

「あ、そういえばいた、一人」

「え？　困ってる奴か？」

ごくりと音を立てて麦茶を飲み干し、鬼ヶ岳がぼくの顔を見る。

「森田さん」

今現在、知り合いの中で多分一番人生に行き詰まっているであろう人の名前を挙げて、鬼ヶ岳は無表情に鼻の頭を掻いた。

「ああ……そりゃまあ、そうだよな」

今ここに森田さんがいてくれたら、どれほどよかったことだろう。あの人ほど、今ぼくが探し求めている条件に合致《がっち》した人材はいない。

「ていうか、なんの話」

空になったペットボトルを床に置き、鬼ヶ岳が訊く。

「うん。まあいいや、忘れろ」

ぼくは緩くかぶりを振った。ふうんと、どうでもよさそうに鬼ヶ岳は鼻息を漏らした。

じゃあお疲れ、と言って、鬼ヶ岳は軽トラに乗って帰っていった。まだ荷解《にほど》きの済んでいない段ボール数箱を見やりつつ、ぼくはジーンズのポケットから携帯を取り出して時刻を確認する。もうじき二時というところだ。

携帯を放り出し、ぼくはフローリングの床に横になった。新しい部屋の、まだ見慣れない天井と壁。前のアパートから持ってきた古臭い照明が、なんだかやけに浮いている。

「ラッキー、ねえ」

もう一度呟いてみた言葉は、むしろ不吉な響きを持って耳に届いた。一昨日《おととい》、緊張と興奮でおそらく相当挙動不審であっただろうぼくを、おめでとうございます、とにこやかに祝福してくれた銀行員の顔が思い浮かぶ。

格安の新居と、段ボールの底にしまい込んだ百二十枚の一万円札。普通なら諸手《もろて》を挙げて喜ぶ状況なのだと思うが、どうにも後ろめたいというか、重たい息苦しさが拭えない。

のろのろと起き上がり、ぼくは携帯と財布をポケットに突っ込んだ。不動産屋から受け取ってきたばかりの真新しい鍵をぶら下げたキーホルダーを摑《つか》む。

思い出すのは、握りしめた掌《てのひら》の滑らかな手触りと、勝ち誇ったように、あるいは罠《わな》にかかった獲物を見るかのように、にんまりと笑った赤い唇。

捨てる神あれば拾う神あり。

ただし、本当に拾ってもらえたのかどうかはまだかなり微妙なところではないのかと、マンションの廊下を歩きながらぼくは憂鬱《ゆううつ》に考える。

＊

「遅い」

立て付けの悪い板戸をがたがたと音を立てて引き開けた途端、薄暗い板の間のど真ん中にあぐらをかいていた瀧子《たきこ》さんが、ドスの利いた低音でそう言い放った。びくりと身を震わせ、ぼくはその場で硬直する。

「とんずらこきやがったのかと思ったぞ、まったく。いつまで待たせる気だよ、青年」

「遅いって……だって、時間なんか決めてなかったじゃないですか。引っ越しが終わったら来いって言われただけで」

靴を脱ぎながら小声で反駁《はんばく》すると、闇色の双眸《そうぼう》が突き刺すようなガンを飛ばしてきた。睨《にら》み返したりする度胸は当然ないので、ぼくは口をつぐんで下を向く。

「口答えすんな。私が遅いと思ったら遅いんだよ。レディに待ちぼうけ食わせといて、素直に頭を下げるくらいの甲斐性《かいしょう》も持ち合わせてないのか君は。つまらん男だな」

なんで遅刻したわけでもないのにそこまでくそみそに言われないとならないのか、と思ったが、これ以上言い返さないくらいの学習能力はぼくにもある。

脱いだスニーカーを縁の下に隠して、ぼくはまた力を込めて板戸を閉めた。外光が遮られ、社殿《しゃでん》の中には黴臭《かびくさ》い薄闇が満ちた。汚れたガラスのはまった両開きの格子扉が、一応明かり取りの役目を果たしている。

この社殿——清瀧《きよたき》神社の本殿《ほんでん》に上がり込むのも、これで三度目である。ほとんどただの掘っ立て小屋のような、古びた小さな建物だ。板壁は朽ちて灰色に変色し、屋根を覆うトタン板は錆《さ》びて歪《ゆが》んでいる。よくぞ今まで倒壊せずに建っていたものだと思う。

ほぼ正方形の社の中は、殺風景ながらんどうである。奥の床の一部が一段高くなり、そこには朽ちた注連縄《しめなわ》の張られた祭壇《さいだん》が設《しつら》えられていた。供物を捧げるのに使うらしい白い器が三つ、空っぽのまま並んでいる。その奥の壁には、古びたお札が三枚貼られていた。どれも黄ばんでぼろぼろで、書かれている字は達筆《たつぴつ》すぎて判読不能だ。真ん中の一枚に、なんとか大龍神、という文字が書いてあるのだけはかろうじて読み取れる。

長い歳月の経過を感じさせる傷んだ板の間は、歩くたびにぎしぎしと危うげな音を立てて軋《きし》んだ。ついこの前までは床一面に分厚い埃《ほこり》が堆積《たいせき》していたのだが、瀧子さんに命じられてぼくが必死に雑巾がけをしたおかげで、今はきれいなものである。

「えっと、じゃあこれ、どうぞ」

そろそろと膝《ひざ》を折り、瀧子さんの向かいに正座をしながら、ぼくは持参した紙袋と一升瓶を床に置いた。紙袋の中に入っているのは、駅前の老舗《しにせ》和菓子屋で購入した十五個入りのまんじゅうの箱と、紙コップが一ダース。一升瓶は『千年桜』という銘柄の純米酒で、県北の酒蔵で造られている地酒である。

目当ての品を前にして多少は機嫌が直ったのか、瀧子さんはにやりと笑って、あぐらをかいたまま少しこちらににじり寄った。一度も日の光を浴びたことがないのではないかと思えるほど色の白い腕をおもむろに伸ばし、紙袋と一升瓶を摑み取る。

そして、今日もまたそれは起きた。瀧子さんの手が触れた瞬間、紙袋と一升瓶がコピーでもしたかのように二つに分裂したのである。初めて目にした時、ぼくは幽体離脱《ゆうたいりだつ》を連想した。片方は微動だにしないまま、もう片方（つまり幽体の方）だけが、するすると瀧子さんの手元に引き寄せられていく。厄介なことに、どうやら手品ではないらしい。

「で？　換金《かんきん》はちゃんと済ませたんだろうな」

乱暴な手付きで包装を剝《む》き、箱から取り出した幽体のまんじゅうに豪快にかぶり付きながら、瀧子さんがこちらに視線を寄越した。肩をすぼめ、ぼくはおずおずとうなずく。

「はあ、一昨日、銀行に行ってきましたけど」

おめでとうございます。制服姿の上品な女性行員の声が、また耳に蘇《よみがえ》った。

「あの、ほんとにもらっちゃってよかったんですか、あのお金」

「いいもなにも、君が自分で当てた賞金だろ。誰に憚《はばか》ることがあるんだよ」

まんじゅうを頬張《ほおば》りながら、瀧子さんが偉そうに顎《あご》を上げる。色褪《いろあ》せたスリムジーンズに白いTシャツ。お世辞にもおしゃれとは言えない服装だが、彼女が身に着けているとなぜかそうは見えない。この人はなにせ冗談かと思うくらいスタイルがいいので、こんな恰好《かっこう》でさえ見とれるほど様になってしまう。多分身長はぼくと同じくらいなのだが、腰の位置が違いすぎて隣に並びたくない。

「いや、それは一応そうなんですけど。なんか、どうも落ち着かないっていうか」

「小市民だな、まったく。たかが百万かそこらだろ。びくびくするような額かよ」

「百二十六万ですよ。ぼくにとっては十分大金ですって」

ナンバーズ4のストレート。平たく言えば一等賞である。確かにくじを購入したのはぼくだし、数字を選んだのもぼくだ。誰に憚ることもない。しかし。

「あの、大丈夫なんですよね？　どういう仕掛けか知りませんけど、のちのち警察沙汰《けいさつざた》になるとか、そういうのだとほんと困るんですけど」

「ああ？　なんで警察が出てくるんだよ。種も仕掛けもあるわけないだろうが。言ったろ、願いを叶えてやるって。金が欲しかったんじゃないのかよ」

「まあ、はい、それは」

「引っ越し先だってちゃんと見つかったんだろうが。え？」

「はあ、おかげさまで、無事に入居も済ませましたけど」

返事をしながら、ぼくは少しずつ頭を垂れる。この人に買えと言われた宝くじは見事に当選し、たまたま通りかかった不動産屋では、好条件の物件をあっさりと見つけることができた。路頭に迷いかけていたどん底状態から一転、望みはすべて叶ったと言っても過言ではないほどの幸運だと思う。

「そら見ろ、これが神様の力って奴なんだよ。恐れ入ったか。つーか恐れ入れ」

Ｔシャツの生地をめいっぱい押し広げている豊満な胸を更にどんと張り、純米酒を注いだ紙コップを片手に、瀧子さんは呵々《かか》と笑った。

神様。なにかの比喩《ひゆ》とか、あるいはどこかの業界の専門用語とか、そういう可能性にすがってここまで来たが、それもそろそろ限界という気がする。

「まあとにかく、これで契約の要件は満たしたってことだな。約束通り、私は君の願いを叶えた。次は君の番だ。そうだろ、おい青年」

その言葉に、うっと息が詰まった。無駄に目を泳がせながら、ぼくは口を開く。

「あのですね、その話なんですけども」

「なんだよ。なんか問題でもあったか」

「問題、というかですね」

そもそもすべてが問題だと言いたかったが、また怒られる気がしたのでやめた。じっとこちらを見つめている瀧子さんの眼差しが肌に痛い。

「一応その、ぼくも努力してはみたんですよね。情報収集というか」

「ふん。それで?」

「それで、あの、大学の試験で単位を落として困ってる、っていうのは、駄目ですよね」

「管轄外《かんかつがい》だな。学業関係なら天満宮にでも行けっつっとけ。次」

「次、ですか。ええと、彼女に出したメールの返事が返ってこない、とか」

「ぱっとしないな。うじうじ待ってるくらいなら会いに行きゃいいだろが。次」

「えー、あとはその、無限二日酔いから抜け出せない、とかですかね」

「そんな腑抜《ふぬ》けは酒を飲むな。バカバカしい」

つまらなそうに眉を寄せ、瀧子さんは紙コップの酒をぐっと飲み干した。一升瓶を摑んですかさずおかわりを注ぐ。二日酔いとは縁がなさそうな飲みっぷりだ。

「ほら次だ。どんどん来い」

「ええと、次、はないんですけど」

「はあっ?」

大声を上げ、瀧子さんが身を乗り出す。反射的に、ぼくは体を縮こまらせた。

「ない？　バカにしてんのか君。そんなんで努力しましたとか言ってんのかよ。言葉の意味を履き違えてんじゃないのか？　日本人のくせに日本語知らんのか、え？」

「すいません、でもあの、そこまで言わなくても、いいと思うんですけど」

他人から頭ごなしに怒鳴り付けられるなんて、一体何年振りのことだろう。

呆《あき》れ果てたような顔で、瀧子さんはずずっと音を立てて酒を啜《すす》る。

「あのな青年、こいつは仕事の話なんだよ。労働と報酬の公平な取り引き、ギブアンドテイクって奴だ。お互いビジネスライクにいこうぜ。なにも難しいことは言っちゃいないだろ？　願いを叶えたがってる人間を見繕って、三人連れてくれば済む話だ」

「はい、あの、それは重々わかってますけど」

「神無月《かんなづき》に入ったら、私はすぐ出雲《いずも》に発《た》たなきゃならない。それまでにノルマを達成しないとまずいんだよ。委員会の連中になに言われるかわかったもんじゃない」

「神無月って、あの、十月ですよね」

「旧暦のな。年によって日は違うんだが、今年は確か新暦十一月の半ばくらいだ。大体一週間くらい向こうに滞在することになるな」

「十一月、ですか。じゃあ、まだ割と余裕が」

「余裕？　余裕こいてられるような立場なのか君は。光陰矢の如しとか、時は金なりとか、五分前行動とか、そういう心づもりで全力を尽くすってことができないのか？」

すいません、とまた言いつつ、ぼくは小さく身じろぎをした。正座に慣れていない足が、すでにちょっと痺《しび》れてきている。

仕事の話。確かに、一言で言えばその通りではあるのだ。いろんな非常識に目を瞑りさえすれば、これはあくまでも単なるバイトである。たとえ雇用者が自分をこの神社の神だと言い張ろうと、バイトはバイトだ。多分。

「なんならあれだぞ、この仕事が首尾よく片付いた暁には、成功報酬として新しいバイト先だって紹介してやってもいい。どうだ？」

いつのまにか三つ目のまんじゅうを手にした瀧子さんが、胸元に垂れたつややかな黒髪をさらりと揺らして首をかしげる。

「いえあの、それはもう、大変ありがたい話ではあるんですけども」

もしかしたら、あのまま路頭に迷っていた方がまだしも事態はわかりやすかったのではないだろうか、と思いつつ、ぼくは膝の上で無意味に爪を弾《はじ》いた。

「あの、とりあえずですね、なんとかまあ、今後の方針といいますか、方法を前向きに検討していきたいなーという意志はぼくとしてもあるわけでして、ですからその」

「ああもう鬱陶《うっとう》しい！」

だん、と大きな音がして、ぼくは口をつぐんだ。握りしめた拳を思いきり床に叩き付けた瀧子さんが、切れ長の目を剣呑《けんのん》に尖《とが》らせる。

「煮え切らん奴だなまったく。なんなんだ君は。政治家か？　頭の悪い政治家なのか？」

「いえ、あの……すいません」

「とにかくだな、君が私の手を取った時点で、もう契約は成立してんだよ。払うもんは払ってんだから、その分は責任持って働いてもらうぞ。いいな？」

「契約って、だってあんなの、ほとんど騙《だま》し討《う》ちじゃ」

「なんか言ったか」

　じろりと睨み付けられ、ぼくは慌てて首を横に振った。この人の鋭い眼差しにさらされると、なにか生き物としての本能的な部分が勝手に萎縮してしまう。蛇に睨まれた蛙という使い古された比喩は、こういう時にこそ使うべき言葉なのだろう。

　いや、蛇どころではないのかもしれない。ぼくは、祭壇の奥に貼られたお札の文字をまたちらりと見やった。

「わかったらとっとと行け。今度ろくでもない報告してきやがったらただじゃおかんぞ」

　いら立たしげな顔付きで酒を啜りながら、瀧子さんは犬でも追い払うようにしっしっと手を振る。いろんな感情をまとめて飲み込みつつ、ぼくはその場から腰を上げた。

「おい、忘れ物だぞ」

　戸口に向かいかけたところで声をかけられ、振り返る。もりもりとまんじゅうを頬張りながら、瀧子さんが床に置かれた紙袋と一升瓶を顎で指した。瀧子さんが食べ散らかしているのとは別の、幽体離脱の本体の方である。

「上げた供物はきっちり下げろよ。ちゃんと教えたろうが、まったく」

あと、次来る時は豆大福買ってこいよな。

傲岸《ごうがん》な口調で命じられ、ぼくは蛙になった気分で、はい、と力なく返事をした。


どうもいまひとつ納得がいかない。

まんじゅうの袋と一升瓶を両手に提《さ》げ、凹凸の激しい石段を足下に注意して一歩ずつ下りながら、ぼくはうっすらと嘆息《たんそく》した。石段の両脇の斜面はすべて杉の木々に覆われ、頭上からは蟬の声がひっきりなしに降ってくる。だが、生い茂る枝葉で直射日光が遮られているせいか、辺りの空気は涼やかだった。

いまひとつというか、正直全然納得がいかない。ぼくはただ、最近あまりにもついてないし、ここは一つ厄落としでもして、ついでに生活保障祈願でもして、心新たにこの人生の難局に立ち向かっていこうではないかという、ささやかかつ前向きな気まぐれを起こして、たまたま見かけた神社に立ち寄っただけなのだ。乏しい手持ちの中から賽銭《さいせん》だって投げて、きちんと二礼二拍手一礼の作法を守って、行儀よく参拝したのである。ただそれだけのはずだったのに、どうしてこんなわけのわからないことに巻き込まれているのだろう。

「理不尽だ……」

三十段はある石段をようやく下りきって、ぼくは呟く。世の中なんて所詮理不尽なものかもしれないが、それにしても近頃、その理不尽がやけにぼくのところにばかり集中しているような気がする。

確かにあの時、ぼくはあの得体の知れないおねえさんの手を取ってしまった。どこからともなく現れ、気付くとぼくの背後にたたずんでいた彼女は、にっこりと笑いながら唐突に握手を求めてきた。場の空気に流されてついそれに応じてしまったぼくもぼくなのだが、あの人のやり方もやり方である。少なくとも、ぼくはその握手が契約だかなんだかの条件になるだなんてこれっぽっちも知らなかったのだ。しなやかな白い手に似合わないものすごい握力でぼくの手を握り返しながら、あの人は明らかに、かかったな、という顔をしたと思う。騙し討ちだと言いたくもなるというものだ。

停めておいた自転車のかごに、紙袋と一升瓶を放り込む。これでまた、まんじゅう十五個と酒が一升、ぼくの部屋に蓄積されることになるわけだ。体内にブラックホールを所有しているようなどこかのおねえさんと違って、ぼくは極めて常識的な胃袋しか持ち合わせていないし、その上アルコールを分解する能力も皆無に等しい。鬼ヶ岳にでも押し付けるかと思いつつ、ぼくは自転車を押しながら、林の中の小道をとぼとぼと歩き始めた。

必要なのは、おそらく割り切ることなのだろう。バイトはバイト。もらうものはもらって、あとはそれに見合っただけの仕事をする。それだけのことだ。ぼくももういい大人なんだし、それくらいのことができないとは言わない。要するに、深く考えなければいいのだ。すべてを黙って受け入れることさえできれば、少なくとも精神の安定は保てる。

しかし、やっぱり納得がいかない。

石の鳥居をくぐって林の外に出ると、まだ高い陽射しがTシャツから出た腕を焼き、急に気温が上がったように思えた。古い民家に挟まれたあの薄暗い路地を抜け、駅の方に向けて自転車を転がす。坂道を下りきって信号を一つ渡ると、「にしん町商店街」という看板が掲げられたアーケードの前に出た。

ところどころ塗料の剝がれた黄色い車止めの手前で自転車を降り、アーケードの下に入る。市松模様のコンクリートタイルが敷かれた商店街を半分ほど過ぎたところで、前方からやたらと賑《にぎ》やかな声が聞こえてきて、ぼくはふと足を止めた。

赤と白のストライプ柄のビニール庇《ひさし》の上に、「手作り弁当・惣菜　おりはら」と書かれた看板。その下に、背中を丸めた老婦人が二人立っている。店の中には、赤い三角巾を着けた小柄な女性の姿が見えた。僅かに、胸がどきりとした。

「あれまあ、これ、えらい美味しいねえ。ちはるちゃんこれ、あんたがこさえたかね」

「ええ、そうなんです。前から作ってみたいと思ってたんですよ、メンチカツ。今週から始めたので、今皆さんに試食していただいてるんです」

「まあそうかね。だけど偉いねえ、ちはるちゃんは。しっかりお商売の手伝いして」

「そうそう。べっぴんさんだし働きもんだし、ほんと、千鶴《ちづる》さんが羨ましいわ」

「だけどちはるちゃん、あんたまだ若いんだでね、働くばっかりじゃなしに、自分のことも大事にせんといかんよ」

「そうそう。早くいい婿さんでも見つけて、千鶴さんを安心させてあげんと」

ふぇっふぇっふぇっふぇっ、という珍妙な声を上げて二人は笑った。背恰好も髪型も服装も、ついでに引っ張っている買い物カート（リュックサックにタイヤが付いているような奴）も似たり寄ったりで、なんだか双子みたいに見えた。ガラスケースの向こうに立ったちはるさんは、そんな老婦人二人を前ににこにこと微笑んでいる。

さてどうするか、と思いながら、ぼくは向かいの豆腐屋の方へ自転車を寄せた。あの賑やかな二人組がいるところへ、横から入っていくのは気が進まない。豆腐屋の店先を眺めていると、奥から出てきたおやじさんに声をかけられた。鬼ヶ岳はいないらしい。軽トラの礼を言い、ぼくはおからのサラダと油揚げの煮付けを買った。

そうしているうちに、どうやら二人の老婦人は買い物（とお喋り）を終えて帰っていったらしい。おもむろに、ぼくは惣菜店のガラスケースの前に歩み寄った。ケースの向こうに屈《かが》んで仕事をしていたちはるさんが、ぼくの姿に気付いて立ち上がる。

「あら田嶋くん、いらっしゃい」

微笑んで小首をかしげたちはるさんの、つるんとした右のほっぺたに浮かんだ小さなえくぼを見ながら、ぼくはどうも、と頭を下げた。赤い三角巾の下に、斜めに分けられた前髪が覗いている。三角巾と揃いの赤いエプロンが、今日もとてもよく似合っていた。

「コロッケでよかった?」

「あ、はい」

「いつもありがとう。どれがいいかしら。今日はね、牛肉と、グリンピースと、かぼちゃと、あとこれは新作でね、裏ごししたほうれん草とプロセスチーズを入れてみたの」

ガラスケースの中を指差しながら、ちはるさんがにこやかに説明してくれる。その笑顔を見ているだけで、もう片っ端から全部下さい、といつも言いたくなってしまうのだが、そこをぐっとこらえるのが男の理性というものである。

「えっと、じゃあその新作のと、牛肉を一つずつ下さい。あと、メンチカツも一つ」

「はい。あ、メンチカツの試食……あらいけない、全部なくなっちゃった」

ガラスケースの端に置いてあった皿を見て、ちはるさんが目を見張る。どうやらさっきの老婦人二人がきれいに食べ尽くしていってしまったらしい。

「田嶋くんにはまだ食べてもらってなかったわよね。ちょっと待ってね、今もう一枚切るから、味見してみて」

「あ、いいえ、いいです、大丈夫です」

ぼくは慌てて顔の前で手を振った。せっかくの商品をそんなにどんどん試食に回してもらっては申し訳ない。

「あの、うちに帰ってから、ゆっくりいただきますから。ぼくはその、好きなものはですね、最後まで大事に残しておきたいタイプといいますか、ええと」

「あら、そんなに好きなの？　メンチカツ」

「す……」

好きなのはメンチカツだけではない、とは言えない。

「そういえば聞いたわ。カレイドスコープ、閉めちゃったんですって？」

二種類のコロッケとメンチカツを紙袋に詰めてくれながら、ちはるさんが気遣わしげに眉をひそめた。商店街と飲み屋街の店舗は同じ商工会に属しているので、こういう話が伝わるのは早い。

「はあ、どうも、そのようで」

「そのようでって、え？　まさか田嶋くん、知らなかったの？」

ちはるさんが驚いたように目を丸くする。しまった、と思いながらまごまごしていると、店の奥から出てきたおばさんがちはるさんの横にぬっと顔を出した。

「夜逃げしたんだろ、あの若造」

ちはるさんと同じ赤いエプロンと三角巾。しかし、ぱっと見ただけでは親子だと思えないほど印象が違う。小さく痩せた体から得も言われぬ迫力を漂わせたおばさんは、いつもながら愛想のない目付きでじろりとぼくを見た。

「ちょっとお母さん、なに言ってるのよ」

「ほんとの話なんだから仕方ないだろ。恭子《きょうこ》に聞いたんだから間違いないね」

「恭子さんて、パピヨンの？」

「どうも相当羽振りが悪かったらしいってさ。借金もあったっていうし。あんた、給料踏み倒されでもしたんじゃないの」

「えっ、そうなの、田嶋くん」

似ていない親子に似ていない眼差しで見つめられ、ぼくは思わず一歩後ろに下がった。商工会云々《うんぬん》というより、こういう場合恐ろしいのは町内おばさんネットワークの方だ。スナック『パピヨン』の恭子ママならぼくも顔見知りである。あの百戦錬磨《ひゃくせんれんま》、海千山千《うみせんやません》のママなら、森田さんの懐具合を当の森田さん以上に熟知していても不思議ではない。

「まったく、最近の若い奴は根性が足らないよ。逃げ出したりする前に、いっぺん死ぬ気で働いてみりゃいいんだ。大体あんたもあんただよ。店がそんなことになるまでぼさっとしてたんだから、自業自得《じごうじとく》だね」

今にも舌打ちしそうな渋面《じゅうめん》を浮かべているおばさんに、面目ありませんと、ぼくはおとなしく謝った。若い頃に旦那さんを亡くし、女手一つで惣菜店を切り盛りしながらちはるさんを育て上げたおばさんにそう言われてしまえば、根性の足らない若輩としては頭を下げる以外ない。

「そんな言い方しなくたっていいじゃないの。田嶋くんが悪いわけじゃないんだから」

眉を吊り上げてちはるさんが言う。このおばさんに食ってかかることができるのは、実の娘のちはるさんくらいのものだろう。

「だからあんたは駄目なんだよ。男なんか甘やかしたってろくなことないよ」

ちはるさんを横目で睨んでそう言うと、おばさんはぼくが差し出した千円札をぴっと抜き取って奥に戻っていった。関係ないでしょそんなこと、とちはるさんが頬を膨らませる。怒っていても可愛いなあと、ぼくはそれこそ関係のないことを考えた。

「ごめんね田嶋くん。うちのお母さん、いつもああだから。気にしないでね」

「あ、いえ、全然」

「でも、ほんとに大丈夫？　いろいろ大変なんじゃない？」

コロッケとメンチカツの入った紙袋を手渡してくれながら、ちはるさんは心配そうに大きな瞳を揺らめかせた。いつでも少しだけ潤んでいるようなその瞳に見つめられると、ぼくはいつも、抑えようのないなにかが腹の底からむくむくと湧き上がってくるのを感じる。それは多分、使命感というものに似ていた。

「いえ、あの、実はもう、新しい仕事は見つかったんです」

「え、ほんとに？」

「はい。まあ、職種はちょっと違うんですけど、挑戦してみようと思いまして」

むやみに背筋を伸ばしながらぼくが言うと、ちはるさんはふうっと頰を和らげて微笑んだ。直視するのが憚られるような、温かくも眩《まぶ》しい笑顔だった。

「そうなの、よかった。頑張ってね、応援してるから」

頑張ってね。

その声が、祝福の鐘の音のように、頭の中に幾重にもこだまする。できることなら、笑顔とセットで真空パックにしておきたいくらいだった。

「ほら、お釣り」

いつのまにか戻ってきたおばさんが、ガラスケースの上に手を突き出す。幸福の瞬間を反芻するのを慌てて中断し、ぼくはおばさんの手から小銭を受け取った。

財布にしまおうとして、首をかしげる。返ってきた小銭が少し多い。

「端数はおまけにしとくよ。まあ、しっかりやんな」

相変わらずの仏頂《ぶっちょう》面《づら》を浮かべ、おばさんはぶっきらぼうにそう言った。ちはるさんがくすりと笑う。なんとなく照れ臭くなりながら、ぼくは礼を言って惣菜店をあとにした。

森田さんから電話がかかってきたのは、その日の夜のことだった。

鬼ヶ岳とは、それから二日間連絡が取れなかった。あの男には、携帯電話を携帯しないという悪癖がある。

「なんか用」

　という第一声と共に奴がぼくのマンションを訪ねてきたのは、月曜日の早朝、まだようやく七時を回ったばかりのことだった。インターフォンを鳴らしまくって人の安眠を妨害しておいて、なんか用、というのは一体どういう了見かと、ぼくは寝起きの腫れぼったい目で、摑みどころのない鬼ヶ岳の面《つら》を睨み付けた。

「なんで電話に出ないんだよお前は……」

　それでも一応部屋に上げてやり、あまつさえ冷たい麦茶まで振る舞ってやりながら、ぼくは掠《かす》れた声で訊いた。

「電池切れてて」

「充電しろよ、この非文明人め」

「来ればよかったのに」

「お前、部屋にいる時は座禅ばっかりじゃないか」

　いったん禅定《ぜんじょう》に入った鬼ヶ岳には、話なんか一切通じない。

「昨日は豆煮てたけど」

「豆ェ？　相変わらず面倒なことするよな、まったく」

「日持ちするし、煮豆。小分けして冷凍しとくと便利」

「お前は坊さんじゃなくて主夫になった方がいいんじゃないのか？」

「まあ、これも修行の一環」

鬼ヶ岳は軽く肩をすくめる。自分でこまめに剃り上げているらしい鬼ヶ岳の坊主頭を眺めながら、ぼくは一つあくびをした。

森田さんからの電話の件を話すと、一応興味はあるのか、鬼ヶ岳は麦茶を飲むのをやめてぼくの顔に目を向けた。

「なんか言ってた、森田さん」

「ごめんってさ。そればっかりだよ」

「どこにいるの、今」

「訊いたけど、教えてくれなかった」

ぼくはぼりぼりとうなじを掻いた。ベランダの窓から、カーテン越しに生温《なまぬる》い風が入り込んでくる。

電話は公衆電話からだった。携帯の電源は相変わらず切られている。多分、借金返済の督促が来るからだろう。森田さんの声は妙に遠く、ひどく聞き取りづらかった。森田さんは何度もぼくに詫《わ》び、未払いの給料はいつか必ず払うから勘弁してくれと言った。そんなことはいいからとにかく帰ってきて下さいとぼくが言うと、森田さんは言葉に詰まったように沈黙した。ごめん田嶋くん、ほんとにごめん。ほとんど消え入るようなその言葉を最後に、短い電話は切れた。

「どこ行っちゃったんだろうなあ、ほんと」

「実家とかは」

「北海道か？　どうかな、だってほとんど絶縁状態みたいなこと言ってたぞ、前に」

　ぼくは卓袱台に頰杖を突いた。森田さんの実家は、北海道の農家である。家業を継ぐの継がないのということで、昔相当親父さんと揉《も》めたらしい。

「まあとりあえず、一応無事ではいるみたいだけどさ」

「今生《こんじょう》最期の電話とかじゃないといいけど」

「だからお前はなんでそう縁起でもないことばっかり言うんだよ」

「人って、死ぬ時は結構あっさり死ぬし」

　相変わらず無表情に、鬼ヶ岳は呟いた。寺の息子にそう言われてしまうと、こちらとしては返す言葉もない。なんだか喉が渇いて、ぼくはごくごくと麦茶を飲み干した。

　中学二年の時に亡くなった父方の祖母のことが、不意に頭をよぎった。ぼくが学校に行っている間に倒れ、病院に搬送された祖母は、そのまま戻ってこなかった。脳卒中だったそうで、ぼくは臨終には立ち会えなかった。そのせいか、亡くなったと聞かされても、なんだかまるで現実感がなかった。

　ただ、葬儀の段になって初めて、なんだか嫌だな、という思いが突然湧いてきたことを覚えている。棺《ひつぎ》の中の祖母は穏やかな顔をしていて、生きていた頃より一回り小さくなったように感じられた。祖母はもういないのだと、その亡骸《なきがら》を見ながら思った。どこを探してももういない、二度と会えないし、声も聞けない。それが、なんだか嫌だった。悲しいとか寂しいとかいうのとは、どこか違う。変な言い方だが、それはたとえば、騙されたとか裏切られたとかいう気分に、少し似ていた。

祖母は信心深い人だった。仏壇には毎日欠かさず線香を上げていたし、近所の神社にもよくお参りに行っていた。般若心経《はんにゃしんぎょう》の文句も、二礼二拍手一礼の作法も、考えてみればぼくは祖母から教わったのだ。神にも仏にも等しく手を合わせながら、祖母はいつも、不思議なほど幸せそうな顔をしていた。

「それで思い出したけど」

唐突に、鬼ヶ岳が言った。

「困ってることがあるっていう人、知り合いで一人いるんだけど」

ペットボトルから勝手に麦茶のおかわりを注ぎながら、鬼ヶ岳はちらりとこちらを見た。前回の経緯《けいい》があるので、ぼくはあからさまな疑念を隠さなかった。

「またお前のアパートの連中かよ」

「店の常連」

「店って、豆腐屋か？」

「そう」

半端にうなずき、鬼ヶ岳は美味そうに二杯目の麦茶を啜った。

＊

「なんでこうなるんだ……」

黄色いペンキが塗られたベンチの背にべったりともたれ、青々と晴れ渡った空を見上げながら、ぼくは呟いた。九月もそろそろ半分が過ぎようとしている。まだ気温の高い日が続いているが、あの容赦ない夏の陽射しは幾分和らいだように思えた。

「いてっ」

突然膝頭《ひざがしら》に鋭い痛みが走って、ぼくは仰《あお》のけていた頭を起こした。ベンチの前に、短いズボンを穿《は》いた小さな子供がたたずんでいる。なんだかひどく恨めしげな上目遣いでじいっとぼくを睨み付けていた佐倉翔吾《さくらしょうご》くん、御年五歳は、右手に握った木の枝でもう一度ぼくの膝をぴしりと叩き、無言のまますばやく背を返してジャングルジムの方へ駆け去っていった。

「あんにゃろう……」

二度も叩かれた左膝を掌でさすりながら、ぼくは翔吾くんの後ろ姿を眺めて歯噛《はが》みする。

翔吾くんは乱暴に木の枝を振り回し、カンカンと音を立ててジャングルジムを叩きまくっていた。

翔吾くんの父親は、今朝から二泊三日の日程で大阪に出張に出かけている。佐倉家は父子家庭なので、翔吾くんの父親は普段、会社の託児所に翔吾くんを預けて働いているそうなのだが、さすがに出張中はそうもいかない。なにぶん急な話だったので、他の託児施設を探すような余裕もなかったらしい。それはいい。いろいろと大変なことは理解できる。しかし、だからといってなぜぼくが子守り役を押し付けられなければならないのだろう。

大体、鬼ヶ岳の奴が悪いのである。あいつが初めにきちんと事情を説明してくれていたら、断る余地だってあったのだ。なんの事前知識もなしに突然引き会わされて、どうもありがとうございます、ほんとに助かります、どうかよろしくお願いします、と見るからに善良そうな男性に頭を下げられてしまったら、嫌だなんて言えやしない。

お前、今暇だし、ちょうどいいと思って。

得意の無表情を顔面に貼り付け、あいつはあっさりとそう言い放った。

一応最後の砦《とりで》として、ぼくなんかでほんとにいいんですか、と訊いてはみたのだが、佐倉氏はにこにこと笑って、もちろんです、鬼ヶ岳くんのご紹介なら安心してお任せできますから、と力強くうなずいただけだった。

なぜだか知らないが、鬼ヶ岳の奴はやたらと人望が厚い。豆腐屋のおやじさん夫婦にも滅法《めっぽう》可愛がられているし、買い物に来るご近所のおばさんたちの間でも評判がいい。あの森田原嶋コンビでさえ、鬼ヶ岳には一目置いている節があった。腹が立つのは、店が向かいだという理由で、ちはるさんまでが鬼ヶ岳と親しくしている様子であることだ。もっとも、おかげで鬼ヶ岳を通してちはるさんの誕生日や血液型（九月二十二日生まれの乙女座O型）を訊き出すことに成功したわけなので、まあ痛《いた》し痒《かゆ》しというところではある。

青空を眺めながらままならない人生について思いを馳《は》せていると、腹の虫が鳴った。どこまでも恰好が付かない。ぼくはのっそりと体を起こし、ベンチから立ち上がった。

「おーい……えっと、翔吾くんさ」

まだ呼び慣れない名前を呼びながら、ぼくは相変わらず木の枝を振り回している翔吾くんの方へ歩み寄った。今度はブランコをターゲットに据えて、やはりびしびしと枝を叩き付けていた翔吾くんは、無言でこちらを向いてまたじいっとぼくを睨んだ。もう半日こうして一緒にいるのだが、ぼくはまだ一度も彼の声を聞いていない。そして、なんだってそうむやみやたらに人を睨み付けてくるのかもわからない。

「そろそろお昼だけどさ、お腹空かないか？　なにか食べに行こうよ」

子供向けのにこやかな表情を努力して顔面に貼り付けながら、ぼくはそう話しかけた。自慢じゃないが、ぼくが普段する料理といったら袋ラーメンを作るくらいのレベルなので、当然翔吾くんとの食事は基本的に外食になる。その辺りの経費も含めて、ぼくは佐倉氏からこの三日分の日当を受け取っていた。つまり、これも一種のバイトである。

「なにがいいかな。ハンバーグとか、オムライスとか？」

ファミレスのお子様ランチでも食べさせりゃいいのかと思いながら訊いてみたが、翔吾くんはやはり無言だった。吊り上がった大きな目にほとんど敵意のような色を滲ませて、唇を真一文字に引き結んでいる。水色のＴシャツに描かれた戦隊ヒーローのイラストが、なんだかぼくを威嚇《いかく》しているみたいに感じられた。

口を利かない五歳児と、一体どうすればコミュニケーションを取ることができるのだろう。すでに相当うんざりしながら、ぼくは児童公園の外に目をやった。正面には高層のマンションが三棟並んでいる。その時、真ん中の一棟から出てきた小柄な人影に気付き、ぼくは思わず背筋を伸ばした。赤い三角巾とエプロンが、降り注ぐ陽射しに照らされてやけに眩しく見えた。

「あ、あのさ、ちょっとここで待っててくれるかな。すぐ戻ってくるから」

翔吾くんにそう言い残し、ぼくは足早に公園を突っ切った。二車線の道路を渡りながら、こんにちはと声をかけると、白い箱バンの運転席に乗り込もうとしていたちはるさんが、びっくりしたような顔でこちらを振り返った。

「あら田嶋くん、こんにちは」

「配達ですか」

店の名前と電話番号が車体に印字された箱バンに視線を向けながら尋ねる。ちはるさんはにっこりと微笑んでそうなの、と言った。三角巾の下に覗いた額に、うっすらと汗の粒が浮いている。うなじで一つに束ねられた髪が少しほつれて乱れていたが、そんなところも頑張って働いている証のようで、ただひたすらに好もしかった。

「田嶋くんはどうしたの、こんなところで」

「え？　あ、いやえっと、なんといいますか、その」

どう説明するべきか迷いながら口ごもった時、ちはるさんがぼくの背後に目を向けた。その視線を追って振り返ると、反対側の歩道に翔吾くんの姿が見えた。仁王立ちになって木の枝を握りしめ、真っ直ぐにこちらを見据えている。

危ないから飛び出すなよ、と言う間もなく、翔吾くんは鉄砲玉みたいな勢いでだっと車道に駆け出した。一直線に道路を渡り、ぼくに向かって飛びかかってくる。

また叩かれるのかと思い、咄嗟《とっさ》に身をこわばらせた時だった。走り込んできた翔吾くんが、まるでつむじ風のような勢いでするりとぼくの脇を通り抜けた。

一体なんだと慌てて振り返り、ぼくは大きく目を見張る。

驚いたように立ち尽くしたちはるさんのジーンズに、翔吾くんがべったりとしがみ付いている。赤いエプロンに顔を押し付け、両腕を太ももの後ろにきつく回して。

しばし呆気《あっけ》に取られてから、にわかにむらむらと怒りが湧いてきて、ぼくは翔吾くんの

Tシャツの襟首《えりくび》をむんずと捕まえた。

「こら！　なにやってるんだ！」

よりにもよってちはるさんの太ももに密着するなんて、いくら子供とはいえ許せることと許せないことがある。なんて羨ましい、もとい恐れ多いことをするんだと思いながら、ぼくは戦隊ヒーローのTシャツを思いきり引っ張った。だが、翔吾くんはヤモリのようにちはるさんにくっついて動かない。

「離れろ！　こら！」

「田嶋くん、待って。そんなにしたらかわいそうよ」

ぼくの大人げない振る舞いを見かねたのか、ちはるさんがそう言った。ようやく、ぼくは翔吾くんの襟首から手を放す。

「ぼく、お名前はなんていうの？」

どこか戸惑ったような表情を浮かべながら、ちはるさんが翔吾くんの頭をそっと撫でる。エプロンに顔を埋《うず》めていた翔吾くんが、そろそろと顔を持ち上げた。

「さくら、しょうご」

その舌足らずな短い言葉が、ぼくが初めて耳にした翔吾くんの声だった。

「なんか、ほんとすいません、忙しい時に」

織原《おりはら》惣菜店の厨房《ちゅうぼう》で、勧められた丸椅子に腰を下ろし、ぼくは深々と頭を下げた。隣の椅子に座った翔吾くんは、足をぶらぶらさせながら五月人形の金太郎みたいに口をへの字にしている。

「いいのよ、気にしないで。うちのおかずで悪いけど、よかったらたくさん食べてね」

「いえ、そんな。ほんと、すいません」

ステンレスの調理台の上には、きれいに盛り付けられた種々の惣菜と、茶碗によそわれた炊き立てのごはんが並んでいた。時刻はちょうど昼時である。店先にはさっきからひっきりなしにお客さんが訪れていて、ちはるさんは接客の合間を縫ってぼくらのために昼食の支度をしてくれていた。こちらには目もくれず、厨房と店先を足早に行き来しているおばさんの鋼《はがね》のような仏頂面が、いつも以上に怖い。

ごはんを食べるんならうちに来ればいいわ、とちはるさんが誘ってくれた時に、きっちり断りきれなかった自分の軟弱さが憎い。しかし、せっかくのちはるさんの誘いを断るなどというもったいない真似も、やはり男としてできるものではなかった。

「じゃあああの、すいません、いただきます」

「はい、どうぞ」

ちはるさんの笑顔に促されて、ぼくは遠慮しつつも箸を取った。トマトと玉ねぎに海老を加えたマリネに手を付ける。爽やかな酸味と、オリーブオイルの芳醇《ほうじゅん》な香りが口の中に広がった。しゃきっとした生玉ねぎと、ぷりぷりの海老の食感の違いがまた絶妙だ。調理台の上には他にも、イカのトマトソース煮込み、鶏肉の竜田揚げ、小松菜ともやしのナムル、茄子ときゅうりの糠漬け《ぬかづ》けなどが並んでいる。ごはん茶碗を片手に、ぼくはほどなく夢中で惣菜を頬張り始めた。おばさんに呼ばれたちはるさんが、ちょっとごめんね、と言い置いて店先に出ていく。

軟らかく煮込まれたトマト味のイカをもぐもぐと咀嚼《そしやく》しながら隣を見やると、さっきまでむすっとしていた翔吾くんが、不器用に箸を使いながら竜田揚げにかぶり付いていた。まるでライオンの子供みたいに、口の周りを汚しながら豪快に鶏肉を齧っている。

「美味いだろ」

返事は期待していなかったのだが、予想に反して、翔吾くんはこくりと一つうなずいた。吊り上がった目がきらきらと輝いているのを見て、ぼくは少し満足した。

「あのおねえさんと、おばさんが作ってくれたんだぞ。あとでちゃんとお礼言えよ」

ぼくの言葉に、翔吾くんはまたうなずく。なんだ、ちゃんと話が通じるんじゃないかと思いながら、ぼくはナムルを口に入れた。翔吾くんは二つ目の竜田揚げにぶすりと箸を突き刺す。見ると、茶碗によそわれたごはんはちっとも減っていない。

「おい、肉ばっかり食べるなよ。ごはんも野菜もちゃんと食べなきゃ駄目だぞ」

我ながらおっさん臭い小言だなと思いながらも、臨時監督者としての責任感もあってそう言うと、翔吾くんは竜田揚げに突き刺した箸をぴたりと止め、ふっとぼくを見上げた。恨めしげに吊り上がっていた両目が、なんだかびっくりしたように丸くなっている。

どうした、と訊くと、翔吾くんはまたむすっとした顔になって下を向いた。それから、左手を伸ばしてごはん茶碗を顔の前に引き寄せる。ぼくは小さく笑った。

最初の遠慮もどこへやら、野菜のひとかけら、米の一粒も残さずに食事を平らげ、ああ幸せだったなあと腹をさすっていると、ちはるさんが厨房に戻ってきた。慌てて姿勢を正す。並んだ皿がすべて空になっているのを見て、ちはるさんは目を細めて微笑んだ。

「あの、すごく美味しかったです。ごちそうさまでした」

「いいえ、おそまつさま。お茶淹《い》れるわね。ほうじ茶でいい？」

「あ、すいません」

おかまいなく、と言おうと思ったが、あまりにも今更なのでやめた。ちはるさんは戸棚から青い花柄の急須《きゅうす》を取り出し、お茶の葉を入れてポットの湯を注ぐ。

「あの、いいんですか？　お仕事、あるんじゃ」

「大丈夫、もうピークは過ぎたから。はい、どうぞ」

差し出された湯呑みを両手で受け取り、ぼくは頭を下げた。温かなお茶の香りが鼻先をくすぐり、ちょっとほっとする思いがした。

隣から、ふう、という満足げな吐息が聞こえた。箸を置いた翔吾くんが、汚れた口元を手の甲で拭っている。ごはんも野菜も残さずに食べたようだ。ぼくは後ろの棚に置いてあったティッシュの箱を取り、翔吾くんの前に置いてやった。翔吾くんはちらりとぼくの顔を見上げてから、丸めたティッシュでごしごしと口の周りを拭いた。

「なんだか、親子みたいね」

壁際からもう一つ丸椅子を持ってきて、そこに腰を下ろしたちはるさんが、くすくすと笑いながらそう言った。思いも寄らなかった言葉に、ちょっとぎょっとする。

「いいわね、仲良しで」

「そ、そうですか？」

ぼくはまた隣を見やる。自分の前に置かれた湯呑みを手元に引き寄せ、翔吾くんはふーふーと息を吹きかけてお茶を冷ましていた。ぷっくりとしたほっぺたが、ちょっと赤くなっている。その横顔は、やっぱり金太郎みたいだった。

「翔吾くん、いくつ？」

少し身を屈めるようにして、ちはるさんが翔吾くんの顔を覗き込む。唇を尖らせてふーふーを繰り返していた翔吾くんは、きゅっと唇を引き結び、湯呑みに添えていた右手をめいっぱい開いて、誇らしげにちはるさんの方へ突き出した。ふくふくとした小さな掌。指の数で年を示すその仕草が、微笑ましいと同時になんとなく新鮮だった。ぼくの年を数えるにはもう、両手両足の指を全部合わせても足りない。

右手を引っ込めて、翔吾くんはじっとちはるさんの顔を見つめる。ぼくを睨んでいた時のような攻撃的な光は、もうその瞳にはなかった。

翔吾くんがお茶を飲み終わるのを待って、ぼくらは織原惣菜店をあとにした。食事の代金を払おうとしたのだが、ちはるさんもおばさんも受け取ってくれなかった。ちはるさんはまた来てね、と言い、おばさんはちゃんと面倒見てやりなよ、と言って、翔吾くんにビスケットの包みを持たせてくれた。翔吾くんはずっと無言だったが、ぼくが促すと、舌足らずな口調でごちそうさまでした、と呟いた。

お腹がいっぱいになって眠くなったのか、翔吾くんがあくびを連発し始めたので、家に連れて帰って昼寝をさせることにした。佐倉氏の自宅は小ぎれいな賃貸マンションの一室で、２ＬＤＫの室内は隅々まできちんと片付けられていた。和室の押し入れから子供用の布団を引っ張り出して寝床を設えてやると、翔吾くんはきりんの絵が付いたタオルケットにくるまってすぐに寝息を立て始めた。

手持ち無沙汰になり、テレビでも見るかなと思いながらリビングに戻ったところで、ぼくはそれに気付いた。テレビの隣に置かれたチェストの上に、若い女性の写真が一枚飾られている。写真立ての前には、お菓子や果物の入ったかごが置いてあった。

きれいな黒髪を一つに束ねたその女性の笑顔は、どことなくちはるさんに似ているような気がした。

写真立ての隣に薄いアルバムが一冊置いてあるのに気付いて、ぼくは少しためらってからそのアルバムを手に取った。予想通り、中に収められていたのはたくさんの家族写真だった。翔吾くん、佐倉氏、それに写真立ての女性。みんな満面の笑みを浮かべてカメラのレンズを見つめている。への字に口を結んで、敵意を滲ませた目で人を睨み付けているような翔吾くんは、アルバムのどこにもいなかった。
最後までページをめくったところで、ぼくはふと手を止めた。裏表紙の厚紙に書かれた端正な字は、おそらく佐倉氏のものだろう。
お母さんとのやくそく
お父さんの言うことをよくきくこと
おともだちとなかよく遊ぶこと
やさいをちゃんと食べること
三回繰り返してそれを読み、ぼくはアルバムをチェストの上に戻した。
テレビを見るのはやめにして、ぼくは翔吾くんが眠っている和室に引き返し、小さな布団の横にごろりと体を横たえた。
年を数えるだけなら、片手の指で事足りる。けれど、どんなに大きな掌にだって収まりきらないようなものが、この小さな体のうちにはあるのかもしれない。
翔吾くんの穏やかな寝息を聞きながら、ぼくはいつのまにか眠っていた。

「足下、気を付けろよ。転ばないように」

振り返って声をかけると、翔吾くんは真剣な顔をしてこくりとうなずいた。昨日と色違いの戦隊ヒーローのTシャツ。手にはまた拾った木の枝を握っている。

一升瓶を抱え直し、ぼくはまた清瀧神社の石段を上り始めた。数段上るたびに後ろを向いて、翔吾くんがちゃんとついてきているかどうかを確かめる。翔吾くんはきちんと足下に目を向けて、一段一段懸命に石段を上っていた。

いつもより時間をかけて一番上までたどり着き、ぼくは本殿に歩み寄った。今日は翔吾くんを連れているので、さすがに中に入るわけにはいかない。豆大福のパック（六個入り×3）と『千年桜』の一升瓶は、格子扉の前にある階段に供えておくことにした。

砂利《じゃり》の敷かれた境内は狭く、周囲はぐるりと杉の木に囲まれている。石段を上りきった翔吾くんは、物珍しげにきょろきょろと辺りを見回していた。お供えを終えて、来いよと声をかけると、素直にこちらに駆け寄ってくる。

自分の背丈ほどある賽銭箱の中を背伸びをして覗き込んでいる翔吾くんに、ぼくは財布から取り出した五円玉を一枚手渡した。親指と人差し指で五円玉を抓《つま》み、翔吾くんはしげしげとそれを眺める。

「お賽銭だ。ここに入れてみろ」

賽銭箱を指差すと、翔吾くんはちょっと戸惑うようにしてから、また背伸びをして箱の中に五円玉を放り込んだ。からからと乾いた音を立てて、五円玉が賽銭箱の中に滑り落ちていく。

次に鈴を鳴らそうとしたが、翔吾くんの背丈では少し届かない。ぼくはいったん身を屈め、木の枝を地面に置かせてから、よっ、と声をかけて翔吾くんの体を抱え上げた。

「引っ張ってみろ。上に鈴があるだろ、あれを鳴らすんだ」

翔吾くんは目の前の太い縄を両手で摑んで、思いきりよく前後に揺さぶった。驚くほど大きな音を立てて、がらがらと鈴が鳴る。翔吾くんを地面に下ろし、ぼくは本殿に向き直った。

「いいか？　これからここの神様にお祈りをするからな。初めに二回お辞儀をして、それから二回手を叩く。手を合わせてお祈りをして、最後にもう一回お辞儀だ。できるか？」

昔祖母が教えてくれたように参拝の作法を説明する。どこまでわかったのか知らないが、翔吾くんは自信ありげに大きくうなずいた。むん、と引き結ばれたへの字の口が、ちゃんとやってみせると威張っているようで、なんだかおかしかった。

「それから、なにか神様にお願いしたいことがあったら、心の中で言うんだぞ。一生懸命お願いしたら、神様が聞いてくれるかもしれないからさ」

まあ望みは薄い気もするが、と思いながら、ぼくは翔吾くんに笑いかけた。これで翔吾くんが三人の客のうちの一人にカウントしてもらえたりしたら、ぼくとしても願ったり叶ったりである。

　じゃあやるぞ、と声をかけて、ぼくは本殿に向かって二礼した。柏手《かしわで》を打つと、ぼくより少し遅れて、隣からぺちぺちと手を叩く音が聞こえる。形ばかりのお祈りをし、最後に一礼。頭を上げて隣を見やると、翔吾くんはじっと目を閉じて顔の前で小さな手を合わせていた。つるりとした幼い顔に、しかつめらしい表情が浮かんでいるのが微笑ましい。

　本殿に視線を戻した途端、ぼくは息を呑んだ。大福と酒を置いた階段の一番上に、どっかりと脚を開いて瀧子さんが腰を下ろしている。いつものジーンズに、マリンブルーのTシャツ。その手には、供えたばかりの豆大福がすでにしっかり握られていた。

　なにやってんですか、とも訊けずに、ぼくは瀧子さんと翔吾くんの顔をすばやく交互に見比べた。瀧子さんはもぐもぐと大福を頬張りながら、もう一方の手で膝の上に頬杖を突いて、まだ懸命にお祈りをしている翔吾くんの姿をじっと見つめている。

　瀧子さんが大福一つを食べ終えた時、翔吾くんがようやく目を開けた。小鼻を膨らませてふう、と息をつき、それから思い出したようにぴょこんと頭を下げる。

「その子供が客か？」

　二つ目の大福を手に、瀧子さんがぽつりと言った。ぼくは目だけで曖昧に返事をする。翔吾くんはまた木の枝を拾い上げ、近くの杉の木の方へ駆けていった。

「君も大概鈍感だよな、青年」

不意に、瀧子さんがそう呟いた。瀧子さんは目を細め、木の枝を振り回している翔吾くんを見ていた。ちらちらと降り注ぐ木漏れ日に照らされたその白い顔が、なんだか妙に寂しげに見えた。

蟬が鳴く。杉林のてっぺんが大きく揺れて、境内を風が吹き抜けた。二つ目の大福を持ったまま、瀧子さんがすっと立ち上がった。階段を下り、翔吾くんの方へ歩み寄っていく。なにをするつもりだろうと思いながらも、ぼくはなぜだか、その場から動くことができなかった。

蟬でも見つけたのだろうか。翔吾くんは杉の木にへばり付いて背伸びをし、枝を持った手をめいっぱい伸ばして、幹の上の方を探るようにしている。その隣で立ち止まり、瀧子さんが翔吾くんの頭にそっと片手を載せた。赤い唇が、微かに動いた。

次の瞬間、どう、という轟音《ごうおん》がして、杉林の中を一際強い風が吹き抜けた。木々の梢《こずえ》が折れんばかりにしなり、林全体が生き物のように蠢く。一瞬、ぼくは思わず目を閉じた。

風がやんで目を開けた時、すでに瀧子さんの姿は跡形もなく消えていた。

少しの間、ぼくは静まり返った境内を眺めて茫然としていた。しばらくしてから、不意に背筋がぞくりとして、ぼくは翔吾くんの名前を呼んだ。そろそろ帰ろうと言うと、翔吾くんはまだ蟬に未練がありそうな素振りを見せたが、それでも黙ってうなずいた。

翔吾くんが転ばないように注意を払いながら、ぼくは一段一段石段を下りた。下までたどり着いた時には、なんだかわけもなくほっとした。あとからやって来た翔吾くんが、木の枝を引きずりながらぼくを追い抜き、鳥居に向かって駆けていく。

転がるように走っていくその小さな背中を、ぼくはゆっくりと追いかけた。


マンションに戻ると、エントランスで翔吾くんと同じ年頃の男の子を連れた若いお母さんに声をかけられた。佐倉家のお隣さんだという。よかったら遊びにこないかと言ってもらったので、ぼくはそのお母さんに翔吾くんを預け、足早に来た道を引き返した。

板戸を開けると、瀧子さんは板の間のど真ん中で、肘枕をしてごろりと横になっていた。傍らには一升瓶と豆大福のパックが並んでいる。

「なんだよ。大福ならまだ足りてんぞ」

ちらりとこちらに目を向けて、瀧子さんは気だるげにそう言った。板戸を閉め、ぼくはだらしなく投げ出された瀧子さんの長い脚の前に正座をした。

「あの、ちょっと、気になって」

「なにが」

「なにがって、だから、さっきのことですけど」

あの時、瀧子さんは翔吾くんの頭に手を置いて、なにか言っていた。

ぼくの聞き間違いでなければ、それは、悪いな、という言葉だったと思う。

「君さ、マジでわかってないのか？」

長い両脚を振り上げるようにして反動を付け、瀧子さんはするりと体を起こしてあぐらをかいた。ぼくを見る切れ長の目に、僅かないら立ちのような色が滲んでいた。

「あの子供、一年くらい前か？　母親を亡くしてるよな」

こちらを真っ直ぐに見つめたまま、瀧子さんが低く言った。

その言葉の意味を飲み込み、ぼくは息を止めた。膝に載せた両手を握りしめる。腹の底に、なにか重苦しいものがじわじわと広がっていくのがわかった。

さっき、ぼくはあの子になんて言った？

一生懸命お願いしたら、神様が聞いてくれるかもしれない？

「母親に会いたい、帰ってきてほしいって、そりゃ、当然そう思うだろうさ。私だって、叶えられるもんなら叶えてやりたいと思うがね。けど、そいつは無理な相談だ。生と死の理《ことわり》を覆すことなんざ、神の力をもってしたってできるもんじゃない」

瀧子さんの声は冷静だった。腹の底から湧いてくる感情を、逐一奥歯で噛み潰して、外には漏れないようにしているように。

「すいません」

握りしめた掌に、爪が深く食い込んでいた。どれだけきつく握りしめても、溢れ出てくるものを止めることはできなかった。

ちっぽけな掌になんて、なにひとつ収まらない。

「すいません、ぼく……」

わかっていたはずだ。あのアルバムを見て、飾られた写真立てを見て、少なくともぼくは、わかっていなければいけなかった。

大概鈍感。まったく、返す言葉もない。

「別に君が謝るこっちゃないけどな」

ふっと肩の力を抜き、瀧子さんが眼差しを和らげる。

「あの子供はこれから、世の中には絶対に叶わない願いがあるんだってことを知って、そいつを腹の底に収めて生きていかなけりゃならない。収まらなくても収めるしかないんだ。どうやって収めるか、それはあの子供がこれから自分で考えるだろうさ。別に君が気に病むことじゃない。まあ、多少無責任ではあったかもしれんがな」

反省しやがれ、バカたれめ。

そう言って、瀧子さんは拳骨《げんこつ》でぼくの頭を軽く小突いた。相変わらずの乱暴な口調だったが、その声はこれまでよりずっと柔らかく感じられた。

「人の願いに関わるってのはな、人の心に関わるってことなんだよ、青年。関わり方を一つ間違えりゃあ、取り返しの付かない傷を残すことにだってなりかねない。だから責任を持たなきゃならんし、覚悟もいるんだ。わかるか？」

黙って、ぼくはうなずいた。杉林の中を、転がるように駆けていく小さな後ろ姿が、くっきりと脳裏に蘇った。

「私らにできることなんてのはさ、たかが知れてんだよ」

ぽつりと、瀧子さんが呟いた。遠い目をして、瀧子さんは本殿の奥に設えられた空っぽの祭壇を見つめていた。並んだ白い器と朽ちた注連縄。壁に貼られた三枚のお札。

「龍神なんて呼ばれて、水と富を司《つかさど》るだの、命の恵みと豊穣《ほうじょう》をもたらすだの、昔っから言われちゃきたけどな。本当のところ、そう大したことができるわけじゃないんだ。この世には、抗《あらが》いようのない流れって奴がある。生と死の理を覆せないように、どんな力をもってしても変えようのないもんってのがあるんだよ」

静かに、瀧子さんはそう言った。どこか寂しそうに、翔吾くんの頭を優しく撫でていた彼女の姿を、ぼくは思い返した。

「私にしてやれるのはせいぜい、米や野菜がよく育つように手を貸してやるとか、子供らが無事に大きくなれるように見守ってやるとか、病の床に就いてる奴が起き上がれるように背中を支えてやるとか、まあその程度のささやかなもんだ。だからこそ、ひぐらしの神なんて言葉もあるんだけどな」

「ひぐらし？」

「一日一日の暮らしってことさ。起きて、働いて、飯を食って寝る。特別なことなんざなにもないし、つまらんことの繰り返しのようにさえ見える。暮らすってのは、そういうことだろ。私らはな、そんな暮らしが少しでも平らかに続いていくように、時々ちっとだけ力を添えてやるんだよ。この国にいるのはみんな、そんなちっぽけなひぐらしの神さ」

くすりと、瀧子さんは微笑んだ。豪快で横柄で、暴言ばかり吐いていたはずのこの人が、今はなんだか妙に頼りなげに見えた。

「ちっぽけってことは、ないと思いますけど。宝くじ、当ててくれたじゃないですか」

ぼくは笑った。この人の前で笑うのは、多分これが初めてだった。

一瞬、不意を突かれたような顔を見せてから、そういやそうだったな、と言い、瀧子さんもまた、きれいな歯を覗かせて笑った。

「どんな願いだろうと、私の力が及ぶ限りはきっちり叶えてみせるさ。なんせ生活がかかってるからな。今年こそ、委員会の連中の鼻を明かしてやる」

胸の前でぐっと拳を握り、大真面目な口調で瀧子さんは言う。半ば忘れかけていた面倒臭い話がにわかに持ち上がり、ぼくは眉を寄せた。

「あの、その話なんですけどね。なんかこう、まだ微妙にすっきりしないんですが」

「あ？　なんだよ、なんか文句あるのか」

「いえあの、文句っていうか……なんでしたっけ、確か組合がどうとかって」

「どうとかじゃないだろ。ちゃんと説明してやったのに覚えてないのかよ」

片眉を吊り上げ、瀧子さんは豆大福に手を伸ばす。

「正式名称は、高天原《たかまのはら》総合組合。平たく言えば、神による神のための互助組織だ。この国の神は、八百万《やおよろず》ってだけあってなんせ数が多いからな。組織立てて管理しとかないと、どこにどんなメンツがいるのかさえ把握しきれないんだよ。稲荷社だ天満宮だ八幡宮だなんてのは系列の社も多いしな。まあ、組合自体にそう大した権限があるわけじゃないし、持ち回りの理事が出雲での全国総会を仕切ってるくらいのもんなんだが、問題はその外郭団体、神格審査委員会の方だ。特に集客実績が低下してる社の祭神を招集して、業務改善指導を行う部署だな。ここの連中がまあうるさいのなんのって……今度ノルマが達成できなかったら、うちには委員会の指導担当員が派遣されてくることになってんだよ。冗談じゃないっつーの。そんな奴に居座られたりしたら、好きに昼寝もできやしない。私のスローライフ的人生設計が全部ぱあだろうが」

ふん、と力強く鼻息を漏らして、瀧子さんは胸の前で腕を組む。聞けば聞くほど体の力が抜けてきて、ぼくはのろのろと額に手を当てた。

「あのですね、まあぼくは雇われてる立場ですから、別にそちらにどういう事情があろうとどうこう言う筋合いはないんですけど、なんというかその、モチベーション的にですね、ないかなー、みたいなところが正直若干……」

「だからその回りくどい政治家喋りをやめろっつってんだろが。君はなにか？　自分の生活の面倒は見てもらっといて、私の生活の面倒を見るのは不本意だとでも言いたいのか？　え？」

「いや、別にそんなつもりじゃないですけど。ただその、いまいち納得がですね」

「君が納得しようがしまいが、現実問題そうなんだからしょうがないだろ。大体な、生活の安定ってのは大事なんだぞ。日常の平穏こそが、人生の充実の第一歩だ。衣食足りて礼節を知るっていうありがたい言葉を知らんのか君は」

「微妙に意味が違う気がしますけど。ていうか、なんか引っかかるんですよね」

スローライフ的人生設計って、要するに怠けたいだけじゃないのか。

なにかに気付いたようにぴくりと片眉を持ち上げ、瀧子さんがぱちんと指を鳴らす。

「ん、そうだ。それで思い出したぞ」

「え？　なにがです？」

「なんか引っかかってんだよ、さっきから。なんだっけなー」

マスクメロンみたいな胸を持ち上げるように腕組みをし、瀧子さんは目を瞑ってうーんと唸《うな》り声を上げる。

「あの、なんの話ですか？」

「なにってだから、あれだよ、さっきの子供」

「翔吾くんが、なにか?」

「なんか見えたんだよ、さっき。母親のことがばーんと前に出てたからほとんどわかんなかったんだけど、確かに……えーと、これか? いや違うな、これか?」

「あのすいません、全然意味がわからないんですけど。見えたってなんです?」

そろそろと挙手をしながら訊いてみる。腕を組んだまままあっちを向いたりこっちを向いたりしていた瀧子さんが、面倒臭そうに片目を開けてぼくを見た。

「あーだから、つまりだな……私らの仕事ってのは、自分の社に参拝に来た人間の願いを聞いて、可能ならばその願いを叶えてやることだ。そうだろ?」

「はあ、まあ、そうなんでしょうけど」

「その仕事の遂行に際して、私らには知らなけりゃならないことがいくつかある。一つはもちろん、その人間が持ってる願いの内容だ。たとえば、宝くじの一等に当選したいっていう願いがあったとするよな。すると次に、じゃあなぜその人間がそういう願いを抱くに至ったのか、つまり願いの背景って奴が出てくる。海外旅行に行きたいから金が欲しいのか、子供の学費に当てたいから金が欲しいのか、あるいは単に遊んで暮らしたいから金が欲しいのか。願いは同じでも、そこに至る経緯や動機は人それぞれ違うだろ」

「理由が大事だってことですか? なにか切実な理由があってお金が必要な人の願いは叶えてあげるけど、そうじゃないなら駄目だとか……」

ぼくの疑問に、瀧子さんはあっさりと首を横に振る。

「そういう意味じゃない。こういう理由ならよくてあいう理由は駄目だなんて、他人が勝手に判断することじゃないだろ。ものごとの価値を判断する基準は本人の中にしかない。一生遊んで暮らしたいってのも、それはそれで立派な願いさ」

「瀧子さんが言うと説得力ありますよね」

「どういう意味だよ、それ」

「いえ、別に」

「まあ、宝くじってたとえじゃわかりにくいかもしれんが……あのな青年、なにかを願う人間の心ってのは、そうそうストレートな形はしてないんだよ」

腕組みをほどき、瀧子さんは左手で耳の下を掻く。

「大体、常に一つの願いだけを真っ直ぐ胸に抱いて生きてる奴なんてのはそうはいない。いろんな心配ごとや悩みや欲望が、人間の心の中には渾然《こんぜん》一体となって渦《うず》を巻いてる。大きな願いもあるし、ささやかな願いもあるだろうさ。大人になったら野球選手になりたいと願いながら、今日の夕飯にはハンバーグが食べたいと願う。それが人間だし、それが人の心だ。まったく脈絡のない場合もあるし、時には複数の願いがなんらかの因果を形成してる場合もある」

ふう、と息をつき、瀧子さんは首をかしげた。長い髪がさらりと揺れる。

「人の心は複雑なんだ。表面に見えてるものだけがすべてじゃない。さっきの宝くじで言うと、たとえば職場の人間関係でストレスがたまってるから、ぱあっと遊んで憂さを晴らしたい、なんて場合は、たとえ金が手に入って一時的にいい思いができたとしても、心の奥底にある本当の不満は消えやしないだろ。その本当の不満、本当の願いって奴を見極めるのも、私らの仕事の一環なんだよ。簡単じゃないし、場合によっては願いなんかちっとも叶ってないように見えることもある。結局手出しができないってケースもあるしな」

だから、神社に行っても願いなんか叶わないじゃないか、って人間が多くなるわけさ。

喋り疲れたのか、瀧子さんは紙コップに酒を注いでごくごくと飲み干した。

「人が神社に参拝して願をかける。すると、その人間の中にある種々の願いやその背景が、丸ごと放り出されるんだ。私らはそれを受け止め、解きほぐして把握する。見えるってのはそういうことだ。視覚情報に限らず、聴覚、嗅覚、まあ場合によっていろいろだな」

「はあ……」

瀧子さんの説明を懸命に反芻しながら、ぼくは首をひねる。

「考えてることがわかる、っていうのとは違うってことですか？　たとえばこうやって話をしてて、ぼくの頭の中が全部わかるとか」

「そんな器用な真似できるかよ、魔法使いじゃないんだから。大体、他人の頭の中が全部わかったりしたら疲れるだけだろうが」

面倒臭げな調子で言い、瀧子さんはまたごくりと喉を鳴らして酒を呷《あお》った。

「つーかちょっと黙ってろ。細かい情報をチェックしようと思うと集中力がいるんだよ」

えーと、どの辺だったか、とぶつぶつ言いながら目を閉じ、瀧子さんはこめかみに指先を押し当てる。そのままの姿勢でしばらくじっとうつむいていたが、やがて、なにかに気付いたようにぴくりと眉を震わせて目を開けた。

「ん……これか？」

なんだか怪訝そうな表情を浮かべ、瀧子さんが顔を上げる。

「おい青年、これ、君の知り合いだよな」

「は？　これって、どれです？」

「この娘だよ。エプロンの」

エプロン。唐突なその言葉に、ぼくは戸惑いながら瀧子さんの顔に見入った。

「エプロンって、もしかして、ちはるさんのことですか？」

「ちはる？　ああなるほど、惚《ほ》れてんのか」

眉一つ動かさずに、瀧子さんはあっさりとそう言った。

「さ、さあ。なんの話ですか？　さっぱりわかりませんね」

「声裏返ってんぞ」

バカにするように、瀧子さんはふっと鼻を鳴らす。

「気の毒にな。どうせふられたんだろ」

「どっ、どうせとはなんですか。ふられてなんかいません」

「まあ、あんまり気を落とすなよ。よくある話だから」

「だから、ふられてなんかいませんって！」

「あれだぞ、一回断られたのにしつこく付きまとうような男は余計嫌われるんだぞ。うざいとかきもいとか口に出して言われる前に、おとなしく引き下がった方が身のためだぞ」

「それはつまり、現時点ですでに心の中ではそう思われてると言いたいわけですか！」

「お、意外と理解力はあるんだな。感心感心」

あからさまにどうでもよさそうな顔で、瀧子さんは指先でぽりぽりと顎を掻く。全力で言い返すべく、ぼくは息を吸って口を開けた。その時だった。

弾かれたように、瀧子さんが突然格子扉の方へ顔を向けた。そのまま、鋭い目付きで汚れきったガラスの向こうをじっと見据える。

一体なんだろうと思った時、砂利を踏みしめる微かな音が耳に届いた。どきりとした。物音を立てないように注意しながら、身を乗り出して目を凝らす。曇りきったガラス越しに、ぼんやりと人の姿が見えた。

「おや、お供えが」

聞こえてきた声は、低く落ち着いた男性のものだった。唾を一つ飲み込み、ぼくは息をひそめる。

「珍しいこともあるもんだ。どちらの方だろうな」

　柔らかな笑みを含んだ声が、また聞こえた。最初は意味がよくわからなかったが、すぐに、さっき階段に供えた豆大福と一升瓶のことに思い至った。

　鈴を鳴らす音。それに続けて、柏手を打つ音。やはり参拝に来たらしい。倒壊寸前のおんぼろとはいえ、ここだって一応神社なのだから、当たり前といえば当たり前なのだが、それでも、ひどく意外な気がした。

「どうも、こんにちは。いいお天気ですな」

　のんびりと、男性はそう言った。だいぶ年配の人のようだ。他に人のいる気配は感じられないが、誰に話しかけているのだろう。

「しばらくご無沙汰しておりましたが、いや、情けない話ですがね、残暑にやられてへばっておったんですよ。もう九月だと思って、気を抜いたのがよくなかったんですかな。末の娘が様子を見に来てくれたんですがね、散々叱られましてね。熱中症やなんか、最近は多いですから。しかし私は、どうも冷房というのが苦手でしてね」

　顔の見えない男性は、小さく、しかし楽しげに笑う。ようやく、ぼくは彼が誰と話をしているのかに気が付いた。

　瀧子さんの顔をそっと見やる。板の間にあぐらをかいた瀧子さんは、身じろぎ一つせずに、ただじっと格子扉の向こうを見つめていた。差し込む温《ぬる》い陽射しが、瀧子さんの横顔を白く照らし出していた。

「これ、ようやく娘からお許しが出ましてね。おとなしくしてなきゃ駄目だって、ビールまで取り上げるんですから、まったく気ばかり強い娘で敵いません。女房の口の利き方にね、年々びっくりするほど似てくるんですよ。まああんな娘でも、家族とは上手くやってるようだから安心してますがね」

がさがさとビニールの音がして、それからことりと、社の前になにかが置かれた。缶ビールだろうか。

「一番下の孫も、来年は中学です。一度、顔を見ていただいたことがありましたか。やんちゃ坊主でしてね。私がつい甘やかしてしまうもんで、娘には叱られますが」

こっそりと、ぼくは笑みを零《こぼ》した。勝気な娘とやんちゃな孫に囲まれて、賑やかな時間を過ごしている見知らぬ老人の姿が、見てきたようにはっきりと思い浮かんだ。

「それじゃあ、また近々寄らせてもらいます。どうぞお元気で」

そう言って深々と頭を下げると、彼はゆっくりとした足取りで境内を出ていった。人の気配が消え、しんと静まり返った境内に、蟬の声だけが響いていた。

「なんか、いい人ですね」

しばらくして、ぼくがそう呟くと、それまでじっと外を眺めていた瀧子さんが、我に返ったように目を伏せて、そうだな、と短く言った。

「お客さん、いるんじゃないですか。てっきり誰も来てないのかと思ってました」

「あの人だけな」

こちらには目も向けずにそう答え、瀧子さんは一升瓶を持ち上げた。紙コップにどくどくと酒を注ぎ、黙って啜り始める。

待ち望んでいた参拝客が現れたにも拘《かかわ》らず、瀧子さんの表情はあまりうれしそうには見えなかった。なんとなく居心地が悪くなって、ぼくは尻の下でもぞもぞと爪先を動かした。

「あの、とりあえず、今の人の願いごとを叶えてあげるっていうんじゃ駄目なんですか？お年寄りの方がご利益とかも信じてくれそうですし、もしそれが評判になったりすれば、他の人だってお参りに来てくれるかもしれないじゃないですか」

そうすれば、ぼくが苦労して人を集める必要もなくなるかもしれない。

紙コップを持った手を不意に止めて、瀧子さんがようやくこちらに目を向けた。

「そいつは……無理だな」

ため息をつくようにそう言って、瀧子さんはまた格子扉の向こうを見やる。遠くにあるなにかを探してでもいるように、切れ長の目がすっと細くなった。

「あの人はな、願いごとをしないんだよ」

「え？」

「ここへ来ても、なにも願わない。なにも望まない。いつもああやって、どうってことのない世間話をして、それで帰ってくだけだ」

静かに、瀧子さんは言った。この社に向かって、楽しそうに語りかけていたあのお年寄りの声を、ぼくは思い出す。

どうも、こんにちは。いいお天気ですな。

しわがれて、少し掠れた、でも、澄んだ空気のようにきれいな声だった。

なあ、青年。瀧子さんが、ぼくを呼んだ。

「あの人は、幸せそうに見えたか？」

どうしてそんなことを訊くのだろうと少し戸惑いながら、ぼくははい、とうなずいた。

そうか、と言って、瀧子さんはひっそりと微笑んだ。

＊

翌日の夕方、ぼくは出張から帰ってくる佐倉氏を出迎えるため、翔吾くんと連れ立って駅に向かった。ぼくの子守りバイトもこれでおしまいである。お父さんが帰ってくるのがうれしいのだろう、翔吾くんはぼくの手をぐんぐんと引っ張って、ほとんど駆け足になりながら坂道を下っていった。

途中で織原惣菜店に寄り、ちはるさんとおばさんに改めて先日の昼食のお礼を言った。翔吾くんはおばさんにまたお菓子を持たせてもらって、照れ臭そうな金太郎面《づら》でありがとうと言い、今度はお父さんと一緒に来てね、というちはるさんの言葉には、こっくりと大きくうなずいていた。

その間、ぼくはずっとちはるさんの顔を真っ直ぐに見られなかった。言っとくけど、まだ決まったわけじゃないからな。瀧子さんはそう言ったし、ぼく自身も別に信じていたわけではなかったが、それでも、胸の奥が引っかかれるような感覚が消えなかった。

別れ際、ちはるさんは店の外まで出てきてぼくらを見送ってくれた。翔吾くんはぼくの手を握っていったん歩き出したが、すぐにくるりと踵《きびす》を返し、ちはるさんに走り寄って、そのまま体当たりをするように抱き付いた。最初の日と同じように、ジーンズの太ももにしっかりと腕を巻き付けて、エプロンにほっぺたを密着させる。

「どうしたの？」

ちょっとびっくりしたような顔を見せて、それから小さく微笑み、ちはるさんは翔吾くんの頭をそっと撫でた。

ちはるさんの脚にしがみついたまま、翔吾くんはちはるさんの顔を見上げた。ちはるさんはなにも言わない。唇を薄く開けて、なにかに迷うように瞳を揺らめかせて、ただじっと翔吾くんの顔を見つめ返している。翔吾くんがどんな表情を浮かべているのか、それはぼくの位置からは確かめることができなかった。

やがて、翔吾くんはぱっとちはるさんから離れ、ぼくのところに駆け戻ってくると、ぼくの手を強く摑んで駅の方へ向かって走り始めた。翔吾くんに手を引かれながら、ぼくは一度だけ後ろを振り返った。

ちはるさんは、どこか茫然としたような面持ちで、その場に立ち尽くしたまま、ぼくらの、いや、翔吾くんの姿を見送っていた。

私鉄三ツ葉山《みつばやま》駅は小さな駅である。線路が二本に、向かい合ったホームが二つ。出口は一か所で、駅舎には売店すらない。駅前のロータリーには客待ちのタクシーが三台、暇そうな顔をした運転手を乗せて停車していた。もう少し時間が遅くなると、周辺の飲み屋街に明かりが灯《とも》っていくらか賑やかになるのだが、まだ日も暮れないこの時間には中途半端な人通りしかない。元気よくネオンを光らせているのは、ロータリーの右手にあるパチンコ屋くらいのものだ。

待合所のベンチに翔吾くんを座らせて、ぼくはおばさんが持たせてくれたクッキーの袋を開けてやった。しばらくすると、ポーンというチャイムが鳴って、上り電車の到着を告げるアナウンスが流れた。翔吾くんはクッキーを食べるのを中断してアナウンスに耳を澄ませたが、お父さんが乗ってくるのとは逆の電車であることを察したのか、またクッキーの方に意識を戻した。踏切の警告音が賑やかに鳴り始める。

　電車から降りてきた乗客たちが、列を作って改札を抜けてくる。その中に見知った顔を見つけ、ぼくはベンチに座ったまま首を伸ばした。

「紫《ゆかり》ちゃん？」

　声をかけると、待合所の前を通り過ぎようとしていたすらっとした女の子が、ふと足を止めてこちらを向いた。光沢のある紺色の地にレモンイエローのラインが入った、だぼっとしたジャージの上下。肩には大きなスポーツバッグをかけている。男の子のように短く切られたベリーショートが小さな頭を益々《ますます》強調していて、背はそれほど高くないのに全身がバランスよく整って見える。

「あれ、田嶋くん？」

　軽く目を瞬《また》かせ、紫ちゃんはスポーツバッグの肩紐《かたひも》を右手でかけ直しながら待合所の中に入ってきた。目も鼻も口も小振りな整った面差しは、健康的に日焼けしていることを除けば、上品な雛人形《ひなにんぎょう》によく似ている。

「久し振りじゃん。引っ越し先決まったなら、言ってくれればよかったのに。最後の見送りくらいしてあげようと思ってたんだよ、一応」

　小さく首をかしげながら、紫ちゃんは唇を尖らせる。

「ああ、そっか。ごめん」

「別にいいけどね。うちのおばあちゃんが無理に追い出したせいで、迷惑かけちゃったし。

なんか用事？　田嶋くんが電車待ってるのって珍しくない？」

「うん、まあちょっとね」

うなずきつつ、ぼくはちらりと隣を見やった。翔吾くんは我関せずという面持ちでぽりぽりとクッキーを齧っている。

「ちょっと、田嶋くん」

怪訝そうに眉を寄せ、紫ちゃんがきれいなアーモンド形の目でぼくと翔吾くんの顔を交互に見比べる。

「あんまり詮索はしたくないけどさ、いつから子持ちになったわけ？」

生真面目な口調で、笑いもせずに紫ちゃんは言った。ぼくはがくりと肩を落とす。表情一つ変えずにこういうジャブを放ってくるのがこの女子高生の特徴である。

「ぼくの子じゃないよ。事情があって、今ちょっと預かってるんだ」

「ああ、わかった、営利誘拐だ」

「えっと、なんでそういうことになるのか、一応訊いていいかな」

「お宅の息子を預かったって、よく言うじゃん、ドラマとかで」

「人生の先輩として忠告しておくけど、ドラマと現実は別物なんだよ」

「わたしの人生と田嶋くんの人生だって別物なんだよ。別にわたしは田嶋くんのあとをついて歩いてるわけじゃないんだから、先輩でもなんでもないと思うけど」

「深いこと言うなあ、十六歳」

「田嶋くんはちょっと見ないうちにおじさん臭くなったよね」

微妙に傷付くことをあっさりと言って、座っていい？　と断ってから、紫ちゃんはぼくの隣にすとんと腰を下ろした。重たげなスポーツバッグを床に置く。制汗スプレーかなにかの匂いなのか、甘い柑橘《かんきつ》系の香りがふわっと鼻先に漂ってきた。

「陸上部、どうなの？　やっぱり高校入ると厳しい？」

尋ねると、ジャージの裾に付いた綿埃《わたぼこり》を指先で抓んでいた紫ちゃんは、軽く眉を持ち上げて肩をすくめた。

「別に、普通かな。今日はグラウンドの整備があるから早く終わったんだけど、いつもは六時くらいまで筋トレと走り込み」

それで普通なのかと、ぼくは少々げんなりしながら紫ちゃんの涼しげな顔を見つめた。バスケットボールの授業中、いかにパスをもらわずに済ませるかということにばかり腐心していたようなぼくには、逆立ちしたって真似できない。確かに、間違ってもぼくは紫ちゃんの人生の先輩なんかではありえないのだろう。

「田嶋くんは？　元気？」

横目でぼくの顔を見て、紫ちゃんが言う。以前あったような頬の丸みが消えて、それこそちょっと見ない間にずいぶん大人っぽくなったように思えた。

「まああかな。相変わらずだよ」

「ふうん。いいね、元気で」

「え、なんで？　元気じゃないの、紫ちゃん」

問い返すと、紫ちゃんはまた肩をすくめ、別に、と呟いた。そういう素っ気ない口の利き方は相変わらずだが、そういえばどことなく表情が冴えないような気もする。

「鬼ヶ岳さん、どうしてるの？　またインドとか？」

「え？　ああいや、今年はずっと日本にいるよ。今のとこだけど。あいつもいい加減真面目に大学行かないと、いろいろまずいだろうし」

「鬼ヶ岳さん、真面目だと思うけど」

「あいつの真面目は世間と方向性が違うんだよ」

呆れ交じりにぼくは返す。あははと声を上げ、紫ちゃんは楽しげに小さく笑った。

「だけどさ、なんかいいよね、鬼ヶ岳さんて」

鼻歌を歌うような調子のその呟きに、なんとも言えぬ嫌な気配を感じて、ぼくは隣を見やった。去年辺りからちょいちょい気にかかり始めていたことが、またむっくりと頭の隅に持ち上がる。

中二から中三にかけて、ぼくと鬼ヶ岳は少しばかり紫ちゃんの勉強の面倒を見ていた。家庭教師という奴である。陸上部のエースだった紫ちゃんは、元々私立校のスポーツ推薦枠を狙っていたので、一般入試の心配はほとんどしなくてよかったのだが、それでも一応万が一の場合に備えて、ということであったらしい。そうでもなければ、ぼくのような落ちこぼれと鬼ヶ岳のような変人のコンビに、受験生の家庭教師などという大役が果たせたはずもない。

ぼくが月木で理系二教科、鬼ヶ岳が火水金で文系三教科、という割り当てだった。最初のうちは紫ちゃんも、明らかに不承不承という感じではあったものの、おとなしく机に向かっていたのだが、一か月も経たないうちに、手よりも口を動かすことの方が多くなった。

いわく、鬼ヶ岳さんは普段どんなことをしているのか。趣味はなにか。菜食主義というのは本当か。インドだのネパールだのに一体なにをしに出かけているのか。

そういうことは本人に直接訊けばいいのではないかと、数学の参考書を示しつつ至極真っ当な提案をしたぼくに、彼女は呆れた顔で言ったものだ。なに言ってるの田嶋くん、せっかく勉強教えに来てくれてるのに、関係ないこと喋ってたら失礼でしょ。

まあそんなような経緯を経た結果、紫ちゃんの成績は文系三教科に限って飛躍的に向上し、そしてそれとはなんの関係もなく、彼女は無事にスポーツ推薦をゲットして、志望していた運動部強豪校への合格を決めたのだった。

「あのさ、一応後学のために訊いときたいんだけど、あいつのどこがその、そんなにいいとか、思うわけ？」

膝の上で無意味に指先を動かしながら、ぼくは尋ねた。紫ちゃんは特にうろたえることもなく、空中に浮かんでいるはずの答えを探すように、軽く顎を上げて上を見た。

「どこっていうか、なんか、あんまりいないじゃん、鬼ヶ岳さんみたいな人」

「そりゃまあ、そうだろうけどさ」

あんなのが何人もいたりしたら困る。

紫ちゃんはベンチの座面に両手を突き、視線を床に落とした。

「飄々《ひょうひょう》としてるっていうか……感情的になったりしないし、いつも落ち着いてるでしょ。いろんなこと、一歩引いて冷静に見てるっていうか」

「はあ、なるほど」

ものは言いよう、というか、受け取りようである。

「ぼくには単に、リアクションが薄いだけのぬぼっとした奴にしか見えないけどね……」

小声で呟いてみたが、どうやら紫ちゃんの耳には届かなかったようだ。

「鬼ヶ岳さんみたいになれたらいいよね、ほんと」

「え？」

なんだって？　と思いながら横を向く。だが、ぼくが問い返すより僅かに早く、さて帰ろうかな、と言って、紫ちゃんはベンチから立ち上がってしまった。

「田嶋くんて今、どこに住んでるの？」

スポーツバッグを肩にかけながら紫ちゃんが言う。マンションの場所と名前を教えると、紫ちゃんはふうん、と軽くうなずき、じゃあまたね、と言い残して、すたすたと駅舎を出ていった。なんだかよくわからないまま、ぼくは颯爽《さっそう》と歩いていく姿勢のいい後ろ姿を見送った。

それからすぐにアナウンスが流れ、下りの電車が駅に入ってきた。待合所から飛び出した翔吾くんは、改札を抜けてきた佐倉氏の姿を見つけると、無言で駆け寄ってその腕にぶら下がった。佐倉氏は満面の笑みを浮かべて翔吾くんを抱き上げ、いい子にしてたか、お父さんがいなくても大丈夫だったかと問いかける。そのつど、翔吾くんは大きく首を振ってうなずき、この三日間で初めて、歯を剝き出しにして笑った。

「どうもお世話になりました。ありがとうございました」

翔吾くんの体を抱え直し、佐倉氏はぼくに向かって深々と頭を下げた。翔吾くんはお父さんの首に両腕を巻き付け、ヤモリのようにべったりとへばり付いている。

「翔吾、泣いたりしませんでしたか？　なにかご迷惑をおかけしたりは」

「いえ、なにも。ごはんもよく食べてましたし、ずっといい子にしてましたよ」

初日に木の枝でぶっ叩かれたことについては、この際胸にしまっておくことにする。佐倉氏は安心したように頰をほころばせ、そうですか、とうなずいた。

三日振りに会う息子の顔を目を細めて眺めている佐倉氏を見て、ぼくは軽く唇を嚙んだ。

数瞬の間にいくつかの考えを巡らせてから、息を吸い込む。

「あの、実は……ちょっと、お訊きしたいことがあるんですけど」

ぼくの言葉に、佐倉氏は不思議そうに目をしばたたかせて、なんでしょう、と言う。

翔吾くんによく似たその目元を見つめ、ぼくは再び口を開いた。


翔吾くんの子守りをしている間はずっと徒歩で移動していたので、自転車に乗るのは久し振りだった。鯨町には坂が多いので、実のところそこまで自転車が便利な土地柄でもないのだが、それでも特に暑い時期には、下り坂を自転車で突っ切っていくのが心地いい。もっとも、髪を吹き乱していくその風の感触も、今日ばかりはほとんど意識の外だった。

「お！　来たな、コロッケ！」

本殿の床に腹這いになって足をぶらぶらさせていた瀧子さんが、こちらを向いて身軽に跳ね起きた。ショッキングピンクのTシャツの胸元に、「Ｏｈ，Ｍｙ　ＧＯＤ！」というしょうもないロゴが入っているのが見える。

いつものように正座をし、ぼくは瀧子さんの前に茶色い紙袋二つとコンビニのビニール袋一つ、それに定番の一升瓶を差し出した。好物を前にした猫のような顔で、瀧子さんはさっそく紙袋の中を覗き込む。

「で？　どっちがどっちだ？」

「えっと、右がコロッケだと思いますけど。四種類、適当に交ぜてもらいました」

「じゃあこっちがメンチカツだな。おい、どっちから攻めるべきだ?」

「別にどっちでもいいんじゃないですか。好きな方で」

「よし、じゃあとりあえずコロッケからいくか」

決断を下すようにうなずき、瀧子さんはちはるさんが気を利かせて付けてくれた紙ナプキンでコロッケを挟むと、コンビニの袋から取り出した中濃ソースを慎重な手付きでしかしたっぷりとかけて、大口を開けてかぶり付いた。さくっという小気味いい音が響いた瞬間、その瞳が肉食獣のようにぎらりと一閃する。

一言も発せず、瞬く間にコロッケ一つを食べ終えたかと思うと、瀧子さんは息つく暇もなく二つ目の紙袋にがさりと手を突っ込んだ。取り出したメンチカツを直《じか》に手で掴み、がつがつと貪《むさぼ》り始める。ソースやパン粉で口の周りがひどいことになっているが、気にかける様子もない。

「瀧子さん、あの、例の話なんですけど」

「今忙しい」

切って捨てるように早口で言って、瀧子さんはメンチカツを腹に収めると、そのまま返す刀で斬り付けるような勢いで、再びコロッケの袋に手を突っ込んだ。口いっぱいに頬張ったコロッケを大胆に咀嚼する音だけが、静かな社の中に低く響く。

コロッケ二つ、メンチカツ二つをそれぞれ食べ終えたところで、瀧子さんはようやく動きを止めた。手の甲でぐいと口元を拭い、やけに神妙な顔付きでゆっくりと瞼《まぶた》を閉じる。

「なあ、青年よ」

「はい？」

「正直に答えろよ。どうして今まで、こいつの存在を私に隠してたんだ？」

「は？　こいつって、コロッケですか？　いや別に、隠してはないですけど」

「言い訳はいい。ふん、なるほどな。私の知らないところで、一人でいい思いしてやがったわけだ。見損なったぞまったく。飼い犬に手を噛まれるとはこのことだ」

「犬？」

「優しさはないのか君には。私に対する思いやりってものはないのかね、え？」

「いや、そんなこと言われても……別にいいじゃないですか、ちゃんと買ってきてあげたんですから」

しかも、コロッケとメンチカツ各二十個ずつである。わざわざ前日に予約までして、ちはるさんに用意してもらったのだ。文句を言われる筋合いはない。

「大体ですね、今日ぼくは別に、コロッケを届けるために来たわけじゃないんですよ」

「え、そうなのか？　おっ、かぼちゃ発見！」

「真面目に聞いて下さいよ……例の話、昨日確認してきました。やっぱり、いたそうです」

　半ば強引に、ぼくは本題の報告に入った。かぼちゃコロッケを頬張りながら、瀧子さんが一瞬こちらに目を向けた。

「お父さんの妹さん、つまり翔吾くんの叔母さんが、先月出産してるそうです。翔吾くんのうちは父子家庭ですから、その妹さんが時々家のことやなんかの面倒を見に来てくれてたそうで、翔吾くんとも親しかったって……今回の出張中は、妹さんも子供が産まれたばっかりで大変なので、さすがに翔吾くんの世話までは頼めなかったみたいですけど」

「ふーん、なるほどな」

　考え深げに小さくうなずき、瀧子さんは三つ目のメンチカツを齧り始める。膝の上で両手を握り、ぼくは少し身を乗り出した。

「だけど、だからってわかるもんですか？　翔吾くんは、この前初めてちはるさんに会ったんですよ？　それだけでわかりますか？　その……妊娠、してるなんて」

　その言葉を口に出すだけでやけに喉が渇いて、ぼくは唾を飲み込んだ。

「私に訊かれてもな。よくわからんよ、はっきり言って」

　メンチカツを齧りながら、瀧子さんは難しい顔をして肩をすくめる。

「けど、幼児期の子供が母親の妊娠の兆候を感じ取るってのは、そう珍しい話でもないからな。場合によっては、親が自覚するより先に子供がそれに気付くってこともあるらしいし。母親が妊娠するってのは、子供にとってみれば、自分がそれまで独占してた母親を別の人間に奪われるってことにもなるだろ？　子供ってのは、特に親のことに関しちゃ敏感だからな。本能的にっつーか、ある一定の年齢の子供だからこそ感じ取れるものってのが、理屈じゃなくあるんだろうさ」

「だけど、ちはるさんは別に、翔吾くんの母親じゃないですよ」

「そりゃあわかってるよ。けど、いたんだろ？　あの子供の身近に、最近出産したばかりの人間が。元々親しい付き合いがあったってんなら、当然妊娠中の姿だって何度も目にして、その変化を感じ取ってたはずだ。仮にその叔母だか誰だかが母親代わりに等しい役割を負ってたとしたら、それはつまり母親の妊娠って意味にも近い。敏感にもなるさ」

　瀧子さんの言葉を聞きながら、ぼくは奥歯を嚙む。

「それにその娘、死んだ母親に顔貌《かおかたち》が似てるらしいしな」

　メンチカツを飲み込み、瀧子さんは静かな声で言った。

「でも、だからって」

「なあ、青年」

　よいしょ、と呟きながら姿勢を変え、右膝を立てた恰好で、瀧子さんがぽんと音を立てて一升瓶の蓋を開ける。

「そんなに気に入らないか？」

問うというよりは試しているようなその声に、ぼくは自分の肩が勝手にぴくりと震えるのを感じた。

「惚れてる女が妊娠してるかもしれないんだ。そりゃ、平静でいろとは言わんけどさ。嫉妬か？　それとも、男がいるなんて気付きもしなかった自分の間抜けさ加減に腹が立つのかね。それともなにか？　憧れの彼女にだけは、男女の云々だの妊娠だのなんて話とは縁のない、清らかなお姫様《ひめさま》でいてほしかったってか？」

「ちょっと黙ってて下さいよ！」

　こらえきれずに、ぼくは怒鳴った。自分でも驚くほどの大声が出て、直後に社に満ちた静けさが、ひどく耳に痛かった。

「ぼくだって、なにをどうしたらいいんだか、まだ全然わかんないんですよ。そんな、急にそんなこと言われたって、なにがなんだか」

　きつく目を閉じると、いらっしゃい、と微笑みかけてくれるちはるさんの顔が、闇の中にくっきりと浮かんで見えた。

　こんな時にさえ、思い浮かぶのは笑顔だけだ。笑顔しか知らない。

「大体、瀧子さんこそなんなんですか」

　腹立ち紛れに、ぼくは吐き出した。その腹立ちが、見透かすようなことを言った瀧子さんに対するものなのか、それとも、おそらくは見透かされた通りの中身しか持ち合わせていない自分自身に対するものなのかは、自分でもよくわからなかった。

「翔吾くんの願いごとなんて、どうせ叶えられないんでしょう？　死んだ人が生き返るわけないんですから。だったら、それで終わりでいいじゃないですか。それを、ちはるさんの妊娠がどうこうなんて、関係ないこと言い出して。ちょっとくらい顔が似てるからって、ちはるさんが翔吾くんのお母さんの代わりになれるわけじゃないんですよ？」

自分の言葉が、ひどく粘ついて苦かった。頭の奥が、どくどくと鈍く疼《うず》いた。

「そうだな」

ぽつりと、瀧子さんが言った。持ち上げた紙コップを唇の手前で止めて、瀧子さんはどこかぼんやりとした目で黒ずんだ床板をじっと見つめていた。

「死んだ母親に会わせてやることは、どうしたって私にはできない。代わりを見つけてやるなんてこともできないさ。誰も、誰かの代わりになんてなれやしない。なにをどうひっくり返したって、なくしちまったもんは取り戻せない」

独りごちるように呟き、瀧子さんはうっすらと瞳を曇らせた。

「それでも、願いは願いだ。私のところに届いた以上、私にはその願いについて力を尽くす責任がある」

「願いって……だって」

「母親に会いたいってのとは、また別の願いさ。あの子供にとっては母親の件が一番大きな願いだったから、すぐにはわからなかったけどな。言ったろ、人ってのはなにも、一つの願いだけを胸に抱いて生きてるわけじゃないんだ」

紙コップを持つ手が、僅かに下がった。柔らかく、瀧子さんは微笑した。

「あのお母さんと赤ちゃんが、ずっと元気でいられるようにってさ」

はっとした。昨日、別れ際にちはるさんに抱き付いて、エプロンに顔を押し付けていた翔吾くんの姿を思い出した。

赤いエプロンに覆われた、ちはるさんのお腹に。

「その娘の腹に事実赤ん坊がいるのかどうか、それは私にもわからんよ。けど、少なくともあの子供はそう思った。そして願ったんだ。その娘と赤ん坊がずっと幸せでいられるように。離れ離れになって、悲しい思いをすることがないようにな」

ぼくの顔を見やって、瀧子さんはまた、さっきよりはっきりと微笑んだ。

ぼくはうつむいた。なんだか、胸を突かれたような思いがした。

「あの子供は、私を信じてそう願いをかけたんだ。可能性がある以上、応えてやるのが私の役目ってもんだろ」

珍しく優しい声で、瀧子さんはそう言った。

ぼくは自分の膝を見ていた。眼球の奥が、ぎゅっと熱くなった。

「なあ、青年さ」

声に続いて、酒を啜る微かな音が聞こえた。

「惚れた女には、できる限り幸せでいてもらいたいって、君はそうは思わんかね」

そう言った瀧子さんの声は、嫌味も意地悪もなく、ただ穏やかなだけだった。

「どうせ……」

掠れた声を搾り出しながら、どういうわけか、ぼくは少し笑っていた。

「どうせまた、うざいとかきもいとか、思ってるんでしょ」

「いや？　別に私には関係ないからな。うざいのもきもいのも君の自由だろ」

「それ、全然フォローになってないですよ」

「フォローを期待してる時点で根性が甘っちょろいんだよ。自分の中身くらい自分で背負え。自己責任てのはそういう意味だぞ」

「ああ……ぼく嫌いなんですよね、その単語」

「まあいいんじゃないか？　王様の耳はロバの耳って、昔っから言うからな」

「は？」

意味不明な言葉に、ぼくはのろのろと顔を上げた。つややかな笑みを浮かべた瀧子さんが、立てた膝に右腕を引っかけ、真っ直ぐにぼくを見つめていた。

「自分の中身は自分で背負うしかないが、腹の底にため込んでるだけじゃ腐ってく一方さ。うざかろうがきもかろうがみっともなかろうが、たまには思いっきりぶちまけちまうってことも必要じゃないかね。そうやって初めて、真正面から向き合えるってこともある。多分な」

長い黒髪がさらりと揺れ、白く長い首が誘《さそ》うように傾く。

眩しいほどの光を閉じ込めた漆黒の双眸に見つめられながら、ぼくは顔を歪めて笑った。ちょっとだけ泣きそうになったのは、多分ばれているだろうと思った。

その時である。

「お邪魔致します、龍神。少々お時間をいただいてよろしいでしょうか」

聞き覚えのない高い声が、社の外から聞こえた。と同時に、正面の格子扉が、触れもしないのに外に向かって開いていく。軋んだ蝶番《ちょうつがい》の音と共に、明るい陽射しが本殿の中に真っ直ぐ入り込んできた。

「あれ？　なんだよ、珍しいな」

格子扉の方へ顔を向けた瀧子さんが、きょとんとしながら呟く。逆光の中、開口部の中央に子供が一人、ちんまりとたたずんでいるのが目に入った。

「ご無沙汰しております。お元気なご様子で誠に重畳《ちょうじょう》です」

差し込む光に目を細めながら、ぼくはその声の主を確かめる。

白い丸襟と小花柄が少々アンティークな、ピンク色のパフスリーブワンピース。

ヘルメットみたいなおかっぱ頭の、小学校低学年くらいのその女の子は、生真面目な顔付きで瀧子さんを見つめ、ぺこりと行儀よく頭を下げた。

＊

S市鰊町。ぼくが暮らすこの町の界隈《かいわい》には、当然のことながら、ここ清瀧神社以外にもいくつかの神社が存在している。

以前通っていた大学の裏手には小さな八幡宮があったし、川向こうの隣町にあるなんとかいうお社は、傷病平癒《しょうびょうへいゆ》のご利益でこの辺では割と有名だという。しかしながら、それらの神社の中で群を抜いて知名度を誇る社がどこかといえば、最近巷《ちまた》で超話題のスーパーパワースポット、三ツ葉山稲荷神社をおいて他にはない。

なにが発端なのかは定かではないが、その名が全国区のものとなったのは七、八年前のことらしい。いわく、「成功を呼ぶパワースポット」。元々県指定の重要文化財だったこともあってか、ひっきりなしに訪れる観光客で境内はいつも大入り満員で、バイトの巫女《みこ》さんが並んだ授与所には、成功を呼ぶお札やらお守りやらを求める人々が連日長蛇の列をなしているという。まあ確かに、あやかりたいという気持ちもわからないではない。

「むう……！　こ、これは……！」

「どうだ。美味いだろ？　美味いだろ？」

「なんと……かように美味なるものがこの世にはあったのですか。恥ずかしながらまるで存じませんでした。コロッケ、ですか。これはよくよく覚えておかねば」

「驚くのはまだ早いぞ。ほらこっち、これがメンチカツな」

「めん、ちかつ？　なんともはや面妖《めんよう》な名を持つものですね。では、いただきます」

「おう、召し上がれ」

「ん……むう！」

「そら来た！　美味いだろ？　美味いだろ？」

「ぬう……これはまたなんとも、得も言われぬ味が致します。なにゆえこのように、じゅわっとしておりますのでしょうか」

「じゅわっとなー、するよなー。それは肉汁《にくじゅう》という偉大な存在のなせる業《わざ》だな」

「にくじゅう……なにやら、ひどく不穏な響きです。そのような不穏なものが、この甘美な味わいを醸し出すとは、人の世とはまだまだ奥が深いもののようですね、龍神」

「ああまったくだ。さあさ、そんなことよりどんどん食ってくれよな。遠慮すんなよ」

「恐れ入ります。しかしよろしいのでしょうか、このような貴重なものを、わたしなどがいただいてしまいまして」

「なあに、気にすんなって。足りなきゃまた買ってこさせるさ。こいつの財布は私の財布、私の財布も私の財布だからな。問題ない」

「おお、さすが龍神。素晴らしい懐の広さであられます」

「なあに、可愛いミツバちゃんのためなら、財布の一つや二つ惜しかないぜ」

「あのすいません、人の財布を勝手に自分の懐に組み込まないでもらえますか」

いい加減痺れてきた足を崩し、ぼくはのっそりとあぐらをかいた。ぼくのささやかな突っ込みをきれいに無視して、瀧子さんとワンピースの女の子は引き続きコロッケとメンチカツの宴《うたげ》に興じている。盛り上がるのは構わないが、放置しないでほしい。

このまま黙って帰っても気付かれないのではないだろうかと考えた時、背後から遠い雷鳴にも似た低い唸り声が聞こえてきて、ぼくは若干びくっとしながら肩越しに後ろを振り向いた。狭い本殿の三分の一くらいのスペースを占拠して、巨大な白い塊が丸くなっている。尖った耳に、長い尻尾。真っ白なふさふさの毛並みに埋もれるようにして、半月を横に引き伸ばしたような大きな金色の瞳が、じっとこちらを見つめていた。

うっかり目が合ってしまったので、ぼくは逃げ腰になりながらもなんとなく会釈をする。金色の瞳が一つ瞬きをし、特大のモップみたいな尻尾《しっぽ》が、応えるようにばさりと上下した。湿った鼻の横で、長い髭《ひげ》がひくひくと震えている。

「おい太郎丸《たろうまる》、お前にも一つ味見させてやるよ。ほれ！」

瀧子さんの声と共に、狐色の小さな塊がぼくの頭上をぽーんと飛び越えた。顔を持ち上げた白い獣が、口裂け女を髣髴《ほうふつ》とさせる大きな口を開けて、投げられたそれを見事にキャッチする。ごくりと丸呑みし、獣は満足げに目を細めて喉を鳴らした。

「はっはー、どうだ、気に入ったか？　いつも油揚げばっかじゃお前も飽きるもんな」

「これは龍神、お心遣い痛み入ります」

「なんのなんの。それより、今日はあのチビすけは連れてないのか？」

「兄弟揃って境内で昼寝をしておりましたので、置いて参りました。あれがおりますと、ちょろちょろと騒がしいですし」

「なーんだ、久々にもふもふしてやろうと思ったのになー」

コロッケだかメンチカツだかもはや判別も付かないが、とにかく十数個目のそれを飽きもせず美味そうに貪りながら、瀧子さんが残念そうに軽く舌を鳴らした。

「それはそうと龍神、本日伺ったのは、こちらをお届けするためでして」

紙ナプキンに包んだ食べかけのメンチカツを膝の上に置き、別の紙ナプキンで丁寧に指先を拭ってから、ワンピースの女の子は斜めがけにした黄色いポシェットの中をごそごそと漁《あさ》り始めた。お母さんに頼まれておつかいに来た子供のようで、なんだか微笑ましい。

おつかいに来た子供。多分、彼女の姿を見ればほとんどの人がそう思うだろう。長い睫《まつ》毛《げ》に囲まれた大きな瞳と、さくらんぼのような唇。まるで人形みたいに可愛らしい顔をした、小学生の女の子。

この可愛い女の子が、今をときめくスーパーパワースポット、三ツ葉山稲荷神社を預かる神様だと言われて、信じる人間は一体どれくらいいるものだろう。

　要するにお稲荷さんという奴かと思いながら、ぼくはまた背後の白い獣――太郎丸と呼ばれた巨大な狐の方へちらりと目を向ける。

「先日理事会の方から送付されて参りました。今年の全国総会の全体日程表と、シンポジウムの演題とパネリスト一覧、開会閉会セレモニーの式次第です。概《おおむ》ね例年通りの進行となりますが、当日までに一通りお目を通していただきますようお願い致します」

　そう言いながら、そのお稲荷さんであるところの女の子――ミツバちゃんは、ポシェットの中からB5サイズの薄っぺらい冊子のようなものを引っ張り出した。ホッチキスで留められたあからさまに安っぽいそれは、小学校や中学校の修学旅行で配られる旅のしおりみたいだった。面倒臭げにそれを受け取り、瀧子さんはぱらぱらとページをめくる。

「へいへい、ご苦労さん……げっ、なんだよこれ」

「なにか不備がございましたか」

「なんでシンポジウムが五回もあんだよ。去年まで三回だったろ？」

「なるべく多くの方に積極的に参加していただこうという、理事会の方針のようです。我々が置かれた状況も、年々厳しくなってきておりますから。組合員全体の意識を高め、共にこの難局を乗りきってゆこうということなのでしょう」

「相変わらず七面倒《しちめんどう》なこと考えやがんな。なんだよこの、『高天原の現在と未来　現代社会における神の役割とその責任』って。バカバカしい」

「そうおっしゃらず。これも職務の一環ですから、致し方ありません」

「あの、なんですか？　シンポジウムって」

無視されるのも嫌なので黙っていようと思ったのだが、どうにも辛抱できずに、ぼくは恐る恐る口を挟んだ。不満げな顔で旅のしおりを眺めていた瀧子さんがこちらを見る。

「なにって、シンポジウムはシンポジウムだろが。地球環境の今後を考えるとか、途上国における紛争と貧困の現状を語るとか、よくあるだろ。壇上にこう、各界の知識人とかがずらっと並んで、侃々諤々《かんかんがくがく》やる奴さ」

「いや、それはわかりますけど……」

「無駄な行事だよな、まったく。とっとと廃止しちまえって再三言ってんのによ」

チッ、とガラの悪い舌打ちをして、瀧子さんは酒を啜る。

ぼくは呆気に取られながら、系列連絡会の日程と会場がどうだの、地区別懇談会の議題がこうだのという話をしている瀧子さんとミツバちゃんを見つめた。高天原総合組合。八百万の神様たちが所属、運営する組織。瀧子さんが前に話していたことが、今更ながら現実味を帯びて頭をよぎった。

毎年十月（旧暦の十月らしいが）には、日本中の神様が出雲の地に集まって話し合いをする。それくらいはぼくだって知っているし、だから十月は神無月とも呼ばれるわけだが、しかし、その神無月に出雲に集まった神様たちが、よりにもよってそんなサラリーマンの研修会みたいなことをしているなんて、多分誰一人想像もしないだろう。

「あーあ、あの時はよかったよなー。なんやかんやで会合の予定が半分くらいがたがたになってさー、どさくさに紛れてさぼり放題だったもんな」

紙コップに酒のおかわりを注ぎながら、瀧子さんが呟いた。傍らに正座したミツバちゃんが、合いの手を入れるように小首をかしげる。

「む？　いつの話です？　黒船ですか」

「違う違う、そんな最近じゃなくて、あれだよ、元寇《げんこう》。文永《ぶんえい》の方の」

「ああ、例の神風の一件ですか。わたしは伝聞でしか存じませんが」

「そうそう、あれちょうど神無月だったんだよ。太宰府天満宮《だざいふてんまんぐう》の奴が地元が心配だから帰るっつってさ、そしたらほれ、鶴岡八幡宮《つるがおかはちまんぐう》も、まあ立場上幕府の様子見に戻らざるを得ないだろ。都の公家衆《くげしゅう》も大騒ぎだったから、京の連中もばたばたしてさ。でまあ、出雲からなら目と鼻の先だし、ちっと見物に行くかって、何人かで博多まで行ってきたんだけど」

「またそのような不謹慎な真似を……」

「しかしまさか、あの台風が神風とか言われるようになるとは思わなかったよな。別になんだって好きに呼べばいいけどさ。なんかいいような悪いような話だよな、私ら的には」

「左様ですね。神国日本だのと騒がれて、肩身の狭い思いをした時代もありましたし」

「ああ、あれはあれで参ったよな。直接出てってやめろとも言えないし」

「ともあれ、その昔は総会の日程が予定通りに運ばないことも、ままあったようですからね。国中が戦《いくさ》続きで、なにかと慌ただしかったですし。そう考えれば、シンポジウムの席で昼寝をしていられるような昨今の状況も、平穏の証と申すべきやもしれませんね」

「まあなあ。そういう意味じゃ、いい時代になったもんだ。疫病《えきびょう》だの飢饉《ききん》だのでばたばたすることもないし、食い物や酒だって、昔に比べりゃずいぶん上等になったしなあ」

「まったくです。このコロッケなどまさしく、天下《てんか》泰平《たいへい》の象徴というもの」

「あのすいません、ちょっといいですか」

　再び辛抱しきれず、ぼくは恐る恐る挙手をする。しみじみと言葉を交わしていた瀧子さんとミツバちゃんが、揃ってこちらに顔を向けた。

「元寇って、あのそれ、鎌倉時代とかの話ですよね？」

「当たり前だろ。他にどんな元寇があるんだよ」

「あの、前から微妙に気になってたんですけど、瀧子さんて、いくつなんですか？」

「なんだよ藪《やぶ》から棒《ぼう》に。細かい数字まではいちいち覚えてないよ。まあ、概ね千年てとこじゃないのか？　ちょうどあれだな、源氏物語リアルタイム世代って奴だ」

　そんな世代はない。

　口を半開きにしたまま言葉を失い、ぼくはコロッケだかメンチカツだかをむしゃむしゃと頬張っている瀧子さんの顔を見つめた。ほっぺたに付いたパン粉を指先で拭い、瀧子さんは子供のようにぺろりと舌を出してそれを舐《な》めた。

「あ、そうだそうだ」

酒を啜りつつ、また旅のしおりをめくり始めた瀧子さんが、不意に声を上げる。

「ミツバちゃんさ、そう急ぎじゃなくて構わんから、この青年にどっか適当なバイト先でも斡旋してやってもらえんかな」

「え？」

驚いて、ぼくは瀧子さんの顔を見る。やはり不思議そうな顔をしたミツバちゃんが、黒々とした長い睫毛を上下させ、ちらりとぼくの方を見やった。

「アルバイト、ですか？　もちろん、それは一向に構いませんが」

「こいつさー、勤め先の店長が夜逃げしちまって、今無職なんだよ。私がいくらか金出してやって、一応食わしてやってんだけどさ」

非常に誤解を招きそうな説明だと思ったが、基本的には事実なのでぐっと我慢する。

「こいつとの契約も出雲に行くまでだし、そのあとは適当に働き口でも見つけてやるかと思ってたんだけど、そういうことならミツバちゃんの方が専門だしさ」

「え？　専門って、なんです？」

ぼくは首をかしげた。瀧子さんがひょこりと片眉を持ち上げる。

「なんだ、知らないのかよ。稲荷神《いなりしん》ってのはな、産業振興を司る神なんだよ。つまり、職業関係全般を守護するのが仕事なわけさ。まあ、元を正せば農耕神なんだけどな」

「農耕、神？」

「五穀豊穣《ごこくほうじょう》を司る神だよ。その辺は水を司る私ともちょっと性格が似てんだけど、農業ってのは要するに、食物を生産する行為だろ。日々食っていくために働くこと、その営みを守る力を持つのが稲荷神だ。そこから派生して、今は産業一般を守護する神として信仰されてる。平たく言えば商売繁盛の神様だな。ほれ、よく会社の屋上とかに、稲荷神の祠《ほこら》を建ててるとことかあるだろ」

「へえ、そうなんですか」

　素直に感心し、ぼくはミツバちゃんの可愛らしい顔を見やりながらうなずいた。このヘルメットみたいな髪型の女の子が商売繁盛の神様というのは、正直あまり似つかわしくないような気もしたが。

「そういうわけだから、ほれ、君もちゃんと頭下げとけ。超多忙なミツバちゃんが、わざわざ君なんぞのためにバイト先を探してくれるっつーんだからな。あと、今度ちゃんと三ツ葉山稲荷にも顔出して挨拶しとけよ」

「あ、はい。えっと、よろしくお願いします」

　戸惑いつつも、ぼくは改めて正座をして頭を下げた。ミツバちゃんの凜《りん》とした大きな瞳が、真っ直ぐにぼくを見つめる。

「承知致しました。三ツ葉山稲荷神社預かり役として、誠心誠意、相務めさせていただきます。なにとぞ、よろしくお願い申し上げます」

時代劇に出てくる武士みたいな重々しい口調でそう言うと、見とれるような美しい姿勢で、ミツバちゃんは絵に描いたような四十五度のお辞儀をした。


世の中、いろんなことがある。それくらいのことはぼくだってわかっているし、ここしばらくの様々な経験によって、「いろんなこと」の示す幅が予想以上に広いのだということも学習したつもりだ。なにが起こるかわからないのが、人生の常である。

「あの、えっと……なにか、ご用でしょうか」

だから、夜の七時過ぎにテレビを見ながらコンビニ弁当を食べていたら、突然ベランダの窓が叩かれて、カーテンの向こうからぬいぐるみを抱きかかえたワンピース姿の小学生が顔を覗かせる、などという事態も、決してないとは言いきれない。

「そう硬くなられずとも。お食事中のところ申し訳ありませんでした。どうぞお楽になさって下さい」

「あ、はあ、いえ」

「お弁当ですか。失礼ながら、冷めないうちに召し上がった方がよろしいのでは」

「いえあの、ほんと、おかまいなく」

膝の上で両手を揃え、ぼくは頭を下げた。卓袱台の向こうで姿勢よく正座をしたミツバちゃんが、大きな瞳に威厳の色を滲ませてじっとこちらを見ている。

居心地の悪さをこらえながら身じろぎをした時、突然、尻の下に敷いた爪先にちくりと鋭い痛みが走った。真っ白なぬいぐるみ、もとい子狐が、小さな前足をひょこひょこと動かして、ぼくの足の親指をつついている。痛みとむず痒さに、ぼくは我慢できずぴくりと爪先を動かした。すると、小狐はふっさりとした尻尾を左右に振りながら、更に攻撃をしかけてくる。

「これ百郎丸《ひやくろうまる》！　行儀よくしておれとあれほど言って聞かせたであろうに！」

卓袱台をぺしりと叩き、ミツバちゃんが声を荒らげる。子狐はぴくんと尻尾を震わせて動きを止め、叱られるのはごめんだとばかりに部屋の隅に飛んでいった。が、床の匂いを嗅《か》いだり壁紙を引っ掻いたり、ちょこちょこ動き回るのをやめようとしない。

「申し訳ありません、どうもいたずら盛りでして」

困り果てたようにミツバちゃんが言う。いえいえと慌てて答えながら、そうか、あれが瀧子さんが言っていた「もふもふ」か、と内心納得した。確かに、撫でくり回したらちょっと幸せになれそうなもふもふ感である。

「それで、あの……ぼくに、なにか」

改めて問い直すと、ミツバちゃんは気を取り直すように小さく微笑んだ。

「いえ、実は少々、田嶋殿とお話をさせていただこうと思ったものですから」

就職斡旋の件もありますし、と生真面目な口調で言う。

「職種や就労条件など、あらかじめ細かい点を詰めさせていただいてからの方が、よりご希望に添うお勤め先をご紹介できるかと思いましたので」

「あ、はあ。それは、わざわざどうも」

「どうぞ、なんなりとおっしゃって下さい。なにぶん不況の折ですので、確実なお約束は致しかねるのですが、できる限りお望みにお応えできるよう努めたいと考えております」

「あ、えっと……そう、ですね」

もごもごと言葉を濁しながら、ぼくはミツバちゃんの顔から目を逸らした。新しい仕事は、もちろん探さなければならない。けれど、今はなぜかそうすることにためらいを感じた。頭をよぎったのは、森田さんのことだった。

コップ半分のビールで昏倒《こんとう》するような完全下戸《げこ》のぼくに、バーテンダーとしての手ほどきをしてくれたのは森田さんだった。下戸の人の方が意外とカクテル作るのが上手かったりするんだよと、本当か嘘かよくわからないことを言いながら、なにも知らないぼくに一からシェイカーの扱い方を仕込んでくれたものだ。あちこちのバーで修業をしてきただけのことはあって、腕前は玄人《くろうと》はだしだった。毒舌家の原嶋さんでさえ、森田さんが作るカクテルの味だけは認めていたほどである。ただし、あいつはあくまでも単なるバーテンダーであって、経営者の器ではないというのが原嶋さんの意見だったが。

どこかの公衆電話からかかってきたあの電話以来、連絡はない。一応二日に一度くらいは携帯に電話を入れているのだが、つながったためしはなかった。リダイヤルのボタンを押すたびに、腹の底に苦い澱《おり》がたまっていくような気がした。

「どうかなさいましたか、田嶋殿」

返事をしないぼくの様子を訝《いぶか》るように、ミツバちゃんが言った。ああとかいやとか、ぼくは半ば上の空で曖昧な呟きを返した。

生活の安定は大事なのだと、瀧子さんは言っていた。衣食足りて礼節を知るのだと。

多分、ぼくは後ろめたいのだ。自分一人が宝くじで大金を手に入れて、暮らしていくことに不安がなくなったから、ではない。そうなって初めて、今更のように森田さんのことを案じていること自体が、後ろめたいのだ。このますんなりと新たな仕事に就いてしまうことに、罪悪感にも似たものを感じてしまうのも、きっと同じ理由だろう。

結局、ぼくはいつだって自分のことしか考えていない。森田さんが姿を消したばかりの頃は、自分の生活をどうするかで頭がいっぱいだった。今になって森田さんのことを気にかけているのも、単にそれを放置しておくのが自分にとって負担だからにすぎない。

衣食が足りてようやく礼節を知った、自分の身勝手な狡《ずる》さが、重い。

そんなことを、ぼくは訥々《とつとつ》とミツバちゃんに語った。いつのまにか傍らにやって来た百郎丸が、ゆらゆらと尻尾を振りながら、金色の丸い目でじっとぼくを見上げていた。ミツバちゃんは相槌《あいづち》すら差し挟まず、ただ黙ってぼくの話を聞いていた。

「経営があんまり上手くいってないのは、なんとなくわかってたんですよ。小さい店だったし、売り上げだってたかが知れてるし。わかってたのに、ぼくはなんにもしなかったんです。高をくくってたというか、そうそう致命的なことになんかならないだろうって、勝手に決め込んで。結局、ただ面倒臭がって目を逸らしてただけなんだと思いますけど。今更ですよね。後悔するくらいなら、最初からちゃんとしとけって話で」

力なく笑い、ぼくは百郎丸の小さな頭を撫でた。

リダイヤルを繰り返すのは、見捨てたくないからではなくて、多分、見捨てたと思われたくないからだ。どこまでも、自分のことばかり考えている。

「すいません、なんか余計なことばっかり喋って。どうでもいいですよね、こんな話」

ごまかすように、ぼくはそう言った。じっとこちらを見つめていたミツバちゃんが、なにかを考えるようにすっと目を伏せ、いえ、と首を横に振る。

「ご事情は、承知致しました。しかし田嶋殿、老婆《ろうば》心《しん》ながら申し上げますが、田嶋殿は少々思い違いをされておられます」

「え？」

「後悔は後悔です。それは、変えることのできぬもの。しかし、その後悔を理由に、今ここにあるご自身のあり方を歪めてはなりません」

諭すような声で、ミツバちゃんは静かに言った。

「過去はどうあれ、田嶋殿は今、心よりその方の身を案じておられる。そのお気持ちに嘘はないはずです。身勝手だの狡いだの、卑下なさる必要はありません。田嶋殿は、ただ正直であられるだけですよ」

「それは……でもそれだって、森田さんのためっていうより、結局は自分のためで」

「では伺いますが、自らのために生きることは、責められるべきことなのですか？」

穏やかな口調で、ミツバちゃんが問う。なにを言われたのか、一瞬飲み込めなかった。

「誰かのためにという言葉は、確かに美しいものです。己を捨て置き他者に尽くすことこそ美徳だと、多くの者は信じておりましょう。しかし、他者の支えになるためにはまず、己の足を己で支えねばなりません。それができねば、相手も己も立ち行かぬ。自らの幸福を得られぬ者に、他者を幸福にすることなどできません」

目を細め、ミツバちゃんは微笑んだ。小学生の女の子みたいな可愛らしい顔。けれど、その瞳の中に宿った光は、決して幼い少女のそれではなかった。

「田嶋殿は正直な方です。しかし、ご自身のお心を読み違えておられる。後ろめたいのではなく、ただふんぎりが付けられぬだけでしょう」

「ふんぎり……？」

「その方に戻ってきてほしい。そして、もう一度共にやり直したい。その願いを捨てきれずに、迷っておられるだけなのではありませんか？」

短く、ぼくは息を吸い込んだ。腹の底にたまっていた薄黒い澱が、静かに掻き消えていくのがわかった。

木目の浮いた飴色のカウンター。オレンジ色の間接照明。壁に飾られたリトグラフ。低く流れる音楽と、軽やかなシェイカーの音。

三年間、毎日のように通った小さな店。その光景が、鮮やかに脳裏に蘇った。

「そう、ですね。きっと、そうです」

確かめるように、ぼくは何度かうなずいた。両の手を、ゆっくりと握りしめる。

「己の願いに胸を張ることです。心のあり方が変われば、自《おの》ずと行く道も変わるもの。己の信ずるまま、どうぞ真っ直ぐにお進み下さい」

「はい」

ありがとうございますとぼくは言った。見守るような眼差しを浮かべて、ミツバちゃんはまたそっと微笑んだ。

「では、就職斡旋の件につきましては、ひとまず保留と致しましょうか。もちろん、わたしでお力になれることがございましたら、いつなりとご遠慮なくお申し付け下さい」

「なんか、すいません。せっかく来てもらったのに」

「とんでもない。お心が晴れたのでしたら、良うございました」

「でも、あれですよね。ぼくが仕事の件をお願いすれば、成績になったんでしょう？」

「成績？」

「あ、でも、三ツ葉山稲荷はもう十分流行ってますもんね。ノルマなんか関係ないか」

「あの、失礼ですが、なんのお話でしょうか」

戸惑うように、ミツバちゃんが言った。ぼくは首をひねる。

「え？　なにって、だって、審査があるんですよね、出雲で」

「審査……神格審査のことでしょうか」

「あ、それですそれ。その審査までにノルマを達成できないとまずいんでしょう？　だから早くお客さんを連れてこいって、ぼく瀧子さんに言われてて」

「龍神が？　そのようにおっしゃったのですか？」

見る見るうちに、ミツバちゃんの表情が険しくなった。驚いて、ぼくは口をつぐむ。やがて、なにかに納得したように、ミツバちゃんは苦い面持ちで顔を伏せた。

「なるほど、そういうことでしたか。なにかおかしいとは感じていたのですが……わたしも迂闊《うかつ》でした。もっと早く気付いていてもよさそうなものを」

押し殺したような声で呟き、ミツバちゃんがこちらを向いた。大きな瞳に、厳しく深い影のようなものが映り込んでいるのを、ぼくは見た。

「よろしいですか、田嶋殿。龍神からなにをお聞きになったのかは存じませんが、神格審査とは、田嶋殿がお考えになっているようなものではないのです」

「え？」

「わたしの口から申し上げるべきではないのやもしれません。ですが、そのような偽りをおっしゃった以上、龍神はこの先も、田嶋殿に真実を明かされるおつもりはないのでしょう。お気持ちは理解できなくもありませんが……しかし、わたしはやはり得心《とくしん》がゆきません。ですから、あえて申し上げます」

龍神を、助けて差し上げてほしいのです。

真っ直ぐにぼくを見つめ、ミツバちゃんは苦しげにそう言った。


「ここからですと、徒歩三十分ほどの距離になりますか。南西の方角に、四年制の私立大学がありますね。ご存じでしょうか」

おもむろに、ミツバちゃんが口を開いた。ご存じもなにも、そこはぼくが通っていた大学だ。そう言うと、そうですか、ならば話は早いと呟き、ミツバちゃんは先を続けた。

「ちょうど経済学部の裏手の辺り、大学の敷地と、五丁目の住宅街との境に、雑木林がありましょう。その林の中に、蔓坂《かずらざか》八幡宮という名の、小さな社が建立されております」

「ああ、はい。知ってます、一応」

例の自堕落サークルに所属していた頃、肝試しと称して、原嶋さんや森田さんと深夜にその八幡宮まで行ったことがあった。雑木林のちょうど真ん中辺りにあったその社はすっかり荒れ果てていて、ずいぶん不気味に見えたことを覚えている。

「あの社には、もう神はおりません」

ぽつりと、沈鬱《ちんうつ》な口調でミツバちゃんが言った。

「いない？　神様がですか？」

「消えたのです。七年前の神無月、全国総会に出席するため出雲に赴き、そのまま社に戻ることが叶わず、出雲の地で、その命を終えました」

思わず、ぼくは口を開けた。けれど、声は出なかった。

「あの雑木林に隣接する住宅地は、三十年ほど前に、大規模な区画整理が行われた土地なのです。古い家や道が取り壊され、その上に新たな町が築かれました。かつての面影は、もはや残ってはおりません」

頭をよぎったのは、清瀧神社に続くあの行き止まりの路地のことだった。時間の流れから取り残されたような古い家並み。半分くらいは空き家に見えたあの家々もあの路地も、かつては普通に人々が暮らす町の一部であったはずだ。清瀧神社だって、その頃にはそこに暮らす人々の生活に、ごく当たり前に溶け込んでいたのかもしれない。

「蔓坂八幡宮で最後の祭りが催されたのは、昭和の中頃のことでしょうか。近隣の住民が集まって催すこぢんまりとした夏祭りでしたが、林の木々に提灯《ちょうちん》が灯され、夜店の屋台が並び、子供らが菓子を手に駆け回っていたものです」

懐かしげに目を細めて、ミツバちゃんは百郎丸の背を撫でた。その目の中に一瞬、温かなオレンジ色の提灯の灯りが映っているのが見えた気がした。

「その祭りも、やがて別の町内の祭りと統合され、場所も変わって、あの林に提灯が灯されることもなくなりました。それから五年十年と経つうちに次第に客が減り、素行の悪い若者が社を荒らすようなこともたびたびありまして、益々あの場所からは人の足が遠のきました。そして区画整理です。あの社の存在すら知らぬ、知っても意に介さぬ人々が、新たな町に多く暮らすようになりました。その頃にはもうあの方は——我々はカズラ様とお呼びしておりましたが、カズラ様はすでに力の多くを失われ、日に日に衰弱なさって、毎年神格審査委員会に召喚《しょうかん》を受けるようになっておられました」

神格審査。その言葉が、小さな棘のようにちくりと耳に刺さった。

「我々も同じ町に暮らす同胞《どうほう》として、どうにか手を尽くそうと努めました。どうにか今一度、カズラ様のもとへ人を呼び戻すことができぬものかと。しかし、世の流ればかりはいかんともしがたく、神を忘れてゆく人の心を、つなぎ止めることは叶いませんでした」

眉をひそめ、ミツバちゃんは軽く唇を噛む。

「カズラ様は案じる我々に、もう良いのだとおっしゃいました」

「え……？」

「かつて、人々は確かに自分を信じ、手を合わせて慕ってくれた。子供らはよくいたずらもしたが、八幡様のバチが当たるぞと親に叱られれば、怖がりながらも真っ直ぐに自分を見つめてくれた。その光景を自分は覚えているから……幸福だった日々の思い出があるから、それだけで良いのだと。そうおっしゃって、笑っておられました」

ミツバちゃんの声が、微かに震えた。涙は見えなかったけれど、切り揃えられた前髪の下の大きな瞳が、少し潤んでいるようにぼくには見えた。

「七年前、最後の神格審査委員会からお戻りになったあと、これで最後だと、カズラ様は我々におっしゃいました。もう社に戻るだけの力はない、このまま出雲に残って命の尽きる時を待つと。かつて清和源氏《せいわげんじ》の信心を集めた八幡神《はちまんしん》の名にふさわしい、誠に雄々《おお》しい最期であられました」

眉を震わせ、とうとうミツバちゃんは目を閉じた。百郎丸がその膝にすり寄り、くうん、と心配そうに鼻を鳴らす。

「そなたらはこの先も、どうかできうる限り命をつなげと……それが、カズラ様の最後のお言葉でした。この国の人々の心にはまだ、我々神が住まう余地があるはずだと。人と共に生きよ、我々をこの世に生んだ、人の心を信じよと」

「この世に、生んだ？」

茫然と、ぼくは呟いた。ミツバちゃんが瞼を持ち上げる。光を宿した黒い双眸が、真っ直ぐにぼくを見た。

「人が神を信じる時、我々神はそこに生まれ、この命を授かるのです。山や川に、海に、草木や花に。降る雨に、走る雷《いかずち》に、吹き行く風に。そこに神が宿るという人の思いが、この国に住まう数多《あまた》の神の命を創り出してきました。手を合わせ、頭《こうべ》を垂れ、拝み祈る人の心、人々が奉じる祭祀《さいし》や儀式、それらによって我らの力と存在は支えられ、育まれてきたのです。神があるから祈るのではない、人が祈るからこそ、神はあるのですよ、田嶋殿」

一言一言を嚙みしめるようにそう語り、ミツバちゃんはそっと百郎丸を抱き上げる。

「この子らもまた同じです。稲荷の狐という概念が、人々の信心により実体を得たもの。我が社には総勢百匹の狐が仕えておりますが、皆、愛《いと》しい我が子のようなものです」

ミツバちゃんの言葉に応えるように、百郎丸は鼻を鳴らしてミツバちゃんの胸に頭をすり寄せた。そんな百郎丸に小さく微笑みかけ、ミツバちゃんはまた顔を上げる。

「わたしが三ツ葉山稲荷神社預かり役を拝命致しましたのは、今より約四百年の昔、徳川が江戸に入ってまだまもない頃のことでありました。わたしはこの地の山に生まれ、秋には山に上って山を守り、春には里に下りて稲田を守る日々を、それまで百年余り続けておりました。そういうものとして、わたしはこの世に生を受けたのです。この姿もまた同じ

く、そういった形の神としてわたしの存在を望み、信じて下さった人の心があったので
しょう。山と里を行き来しておりましたその当時から、龍神はずいぶんわたしのことを可
愛がって下さったものです」
ミツバちゃんは、小さな唇にうっすらと笑みを浮かべた。
「田嶋殿もご存じの通り、あの方は千年の昔からこの地を見守り続けてこられた、大変古
い神であられます。かつてこの地にあった一筋の滝が神格化され、命と豊穣を司る水の神
として、龍神はこの世にお生まれになりました。稲荷社が勧請《かんじょう》される運びになった折、わ
たしを預かり役とするよう、京の伏見《ふしみ》稲荷に進言して下さったのも龍神です。あのように
冗談めいた乱暴な口ばかりお利きになりますが、本当は大変思慮深く、お優しい方なので
す。カズラ様がお亡くなりになったことについても、表には出されませんが、誰よりもお
心を痛めておいでだったでしょう。古くからのご友人であられたようですから」
そう言って、ミツバちゃんは目を伏せた。
「我々は人の心より生まれ、人の心によって生かされ、そして人の心が離れれば、力と命
を失い消え去るのです。なにも、カズラ様に限った話ではありません。皮肉なものです。
我らには、人の願いを叶える力がある。にも拘らず、命の危機に瀕した同胞一人、救うこ
とができぬのですから」
ミツバちゃんは深く眉を寄せる。できることなんてたかが知れているのだと、そう言っ

ていた瀧子さんの顔が、不意に脳裏をよぎった。

「なんで、そんな……最初から、ちゃんと言ってくれれば」

ぎこちなく呟いたぼくの言葉に、ミツバちゃんは苦痛をこらえるように首を横に振る。

「自らの命がかかった問題であるなどと明かせば、田嶋殿に無用な責を背負わせることになります。おそらく、それを厭《いと》われたに違いありません。もしも初めから真実を知らされていたとして、田嶋殿はそれを受け入れることがおできになりましたか」

「それは、でも」

「そういう方なのです。ご自分の腹の底など、なかなか明かしては下さいません。このままではお命が危ういといくら申し上げても、心配ないとおっしゃるばかりで」

ミツバちゃんは、音もなく吐息を漏らした。

自分の中身は自分で背負うしかない。

あの人は、一体どれほどのものを、これまでその背中に負ってきたのだろう。

「おそらくは、次が最後です」

硬い声で、ミツバちゃんが言った。

「此度《こたび》の全国総会までになんらかの手を打たなければ、カズラ様と同じく、龍神ももうこの地へ戻られることは叶わぬであろうと存じます。あの方もそれはご承知のはず。時間がないのです。あの方の神気《しんき》の状態は、すでに最低と申し上げて良いでしょう。これ以上の低下は、なんとしても食い止めねばなりません」

「しんき？」

「神の持つ力の源、あるいは命の火とでも申しましょうか。ここ十年以上、龍神は神無月の総会を除き、自らの神域《しんいき》、つまり社の境内から一歩も外に出ておられません。そうすることで、どうにか神気を温存しておられるのです。ですが幸い、田嶋殿が日々供物を捧げておられることで、幾分活力を取り戻されているようにも見受けられます。希望はまだ尽きたわけではないのです。ですから田嶋殿、どうかお力をお貸し願えませんか」

「ちょ、ちょっと待って下さい、あの」

ミツバちゃんの言葉を遮るように片手を挙げて、ぼくはどこかのネジが錆び付いたみたいに鈍くしか動かない頭を必死で回転させた。

「じゃあその、全国総会——十一月の半ばでしたよね、それまでに、とにかく誰かがお参りに行けばいいってことですか？　他には？　たとえば、なにか特別な儀式がいるとか」

「礼式にこだわる必要はありません。あの場で手を合わせ、祈りを捧げる者の存在そのものが、龍神のお命を支えるよすがとなります。ただし、できる限り数を集めなければ」

真剣な面持ちで、ミツバちゃんはうなずいた。

脳味噌の回転率が徐々に上がっていくにつれて、焦りと共に、わけのわからない腹立たしさのようなものが、じわじわと湧き上がってくるのが感じられた。

あの人がいなくなってしまうかもしれない。この世から、消えてなくなってしまうかもしれない。そのことに、どうしてこんなにも腹が立つのか、自分でも判然としなかった。

「我々が何度申し上げても、龍神はこれまで、なんの手立ても講じようとはして下さいませんでした。このままずべてを受け入れるつもりでおられるのかと、そう考えたこともあります。ですが、田嶋殿と巡り会われたことで、あの方はどこかお変わりになった。あんなにもお楽しそうなお顔を拝見したのは、本当にしばらく振りのことです」

百郎丸を胸に抱き、ミツバちゃんは微笑んだ。少しだけ寂しそうに、でもにっこりと。

「正直に申し上げて、驚いたのですよ。龍神が人と契約を交わすなど、おそらくはこの千年で初めてのことですから」

「え?」

「そもそも、滅多にあることではないのです。人と関わりを持つというのは、どのような場合も極めて難しいもの。上手くいくことの方が稀ですし、実際、人と契約を結んだ神など、もう何百年も現れてはいなかったはずです。よほど強いご意志がなければ、龍神もそのようなご決断はなさらなかったでしょう」

そこまで言って、ミツバちゃんは口元に浮かんでいた笑みを消した。優しい手付きで百郎丸を床に座らせると、おもむろに姿勢を正してぼくを見つめる。

「もはや、一刻の猶予《ゆうよ》もないのです。どうかあの方をお救い下さい。三ツ葉山稲荷神社預かり役として、伏してお願いを申し上げます」

ただの人間でしかない、特別な力なんてなにひとつ持たないぼくに、ミツバちゃんは両手を床に突き、ひれ伏すように深々と頭を下げた。


かごの中で、まんじゅうの箱と『千年桜』の一升瓶が、がたがたと音を立てて揺れている。自転車を漕ぎながら、ぼくは軽くため息を漏らした。

あのあとすぐ、ミツバちゃんはベランダの外で待機していた太郎丸の背に飛び乗ると、夜分大変お邪魔を致しました、ではこれにて失礼致します、と言い残して、夜の闇の中に颯爽と消えていった。巨大な狐が風のように空中を駆け去っていくのをぼんやりと見送ってから、ぼくは残った弁当もそのままにして、早々と布団にもぐり込んだ。だが、いろんな考えが頭の中で渦を巻いて、ちっとも寝付くことができなかった。何時間もごろごろと寝返りを打ち、いつ寝入ったのかも定かではなかったが、目が覚めて携帯を見ると、時刻はすでに正午を回っていた。こんな時でさえ寝られるだけ寝てしまう自分の図太さに嫌気が差した。

大学の敷地に足を踏み入れるのは三年振りである。正門を抜ける時、守衛のおじさんがかごの中の一升瓶に目を留めて怪訝そうな顔をしたが、お疲れ様です、と声をかけると、なにも言わずにお辞儀を返してくれた。一升瓶を持った学生くらい、特に珍しいものでもないのかもしれない。

まだ夏休み中のキャンパスには、それでもちらほらと学生の姿があった。生協の前を通り過ぎて経済学部の方へ向かう。経済学部の斜向《はすむ》かいには、現在鬼ヶ岳が在籍し、ぼくもかつて在籍していた人文学部の建物がある。人文学部哲学科インド思想研究室という、毎年学生が一人確保できれば万々歳であるらしいマイナー研究室で、鬼ヶ岳は日々学問に励んでいるのだった。なにせ希望する学生が少ないので、留年を繰り返している鬼ヶ岳のような奴でも、教授には可愛がられているらしい。

経済学部の裏には、低いフェンスの中央に鉄柵《てつさく》の門扉が付いているだけの簡単な通用口があった。鉄柵は真っ赤に錆び、蝶番が一つ壊れている。

よく晴れた日だったが、生い茂った木々の落とす影が濃く、林の中は薄暗かった。腐りかけた落ち葉が、地面を厚く覆っている。清瀧神社を囲む杉林には、昼間でもなぜだかひんやりとした空気が流れているのだが、ここにはなにかむっとした匂いが満ちていた。

道らしい道はなかった。大して広くはないはずだが、周囲が雑木に囲まれているせいで視界は悪い。蟬の声と、時々鳥の声。車の音も聞こえる。道路が近いのだろう。

木々の多くには、太い蔦《つた》が絡まっていた。荒れている、という印象だ。土地の所有権がどこに属しているのかは知らないが、手入れなどはまったくされていないようだった。

その印象は、八幡宮の建物が目に入った瞬間に更に増した。林の真ん中にぽつりとたたずむ木造りの小さな鳥居。穴の開いた屋根。傾いた柱。折れた回廊の手摺《てすり》。回廊の床板も割れて穴が開いている。落ちた屋根瓦がいくつか辺りに転がっていた。更には一体誰がやったものか、軒下には賽銭箱が派手にひっくり返っている。

自転車を置き、ぼくはまず賽銭箱に手をかけた。思ったよりも重い。どうにか起こしてから、半ば引きずるようにして社殿の正面に据え直した。転がった屋根瓦は、さすがに屋根には戻せないので、まとめて床下に押し込んだ。まんじゅうの箱と酒を供え、ぶら下がった縄を引いて鈴を鳴らそうとしてみたが、中が錆びてでもいるのか、上手く鳴らすことができなかった。縄を摑んだ掌がひどく汚れた。

柏手を打って目を閉じたが、唱えるべき言葉は思い浮かばず、胸の中には沈黙だけがあった。ここにはもう神様はいない。それをはっきりと感じたのは、ミツバちゃんの昔語りを聞いたからというだけではないような気がした。

しばらくそこに留まり、荒れ果てた社を黙って眺めてから、ぼくは背を返した。大学の方には戻らず、雑木林を抜けて五丁目の方へ向かう。

大して歩かないうちに、林の外に道路が見えてきた。閑静な住宅街、という形容がそのまま当てはまりそうな風景だ。新旧が混在した戸建ての住宅が、一車線の緩い坂道の両側に整然と連なっている。路肩《ろかた》に立って振り返ってみたが、八幡宮の社はもう、林の木々に隠されてちらりとも見ることができなかった。

ベランダに洗濯物を干している家。玄関先に三輪車が置いてある家。きれいに花が咲いたプランターを並べている家。庭先で犬が昼寝をしている家。

当たり前の暮らしを、当たり前に送っているたくさんの人々。そのたくさんの人々の中にはしかし、あのひっくり返された賽銭箱に気付き、それを元に戻そうと考える人間は多分一人もいない。ぼくだって、瀧子さんやミツバちゃんに出会うことがなかったら、きっとその大勢の中の一人のままでいただろう。

駅前まで戻り、和菓子屋と酒屋に寄ってまたまんじゅうと『千年桜』を仕入れた。数時間と置かずに再び現れたぼくを見て、和菓子屋のおばさんと酒屋のご主人がちょっと変な顔をしていた。

少しずつ日が傾き始めていた。真夏の頃に比べると、だいぶ日が短くなってきている。杉林の中には、相変わらず涼しい風が流れていた。頭の上で木々の梢がざわめく音が、普段よりも大きく聞こえるような気がした。

「おや、こんにちは」

その声が聞こえた時、ぼくはぼんやりと自分の足下を見ていて、だから目の前の石段からその人が下りてきたことにも、まるで気が付いていなかった。

顔を上げると、クリーム色のポロシャツにグレーのスラックスという恰好の小柄な老人が、皺深い顔に少しびっくりしたような表情を浮かべて、石段の前にたたずんでいるのが目に入った。薄くなった白髪が、きれいに撫で付けられている。背中は少し曲がっていたが、痩せた体は十分にかくしゃくとして見えた。

「お参りですかな」

こちらに歩み寄ってきながら、その人は目を細めてそう言った。遅ればせながら、ぼくはようやく頭を下げる。皺に囲まれた優しげな瞳が、ぼくの自転車のかごに入ったまんじゅうの箱と一升瓶を見ていた。

「そうですか。それじゃあ、この間のお供えも、あなただったんですな」

その言葉を聞きながら、ぼくもまた、相手が誰なのかということに思い至っていた。この穏やかな声には確かに聞き覚えがある。

「いや、うれしいなあと思っておったんです。私の他にも、ここへお参りに来られている方がいらっしゃるんだなあと。あなたのようなお若い方だとは思いませんでしたが」

「よく、いらっしゃるんですか」

にこにこと微笑みながらうなずきを繰り返す老人に、ぼくは尋ねた。老人は後ろを振り返り、石段の上を仰ぐように少し背中を伸ばした。

「まあ、日課のようなもんです。近頃は足がよくないもんで、毎日は伺えないんですがね。一人暮らしの暇な年寄りですから、ここへご挨拶に寄らせてもらうのが、少ない楽しみの一つなんですよ」

「楽しみ、ですか」

少し意外に思って言うと、彼はぼくの方へ向き直り、照れるように笑いながら薄くなった頭を掌で撫でた。

「いや、おかしいと思われるでしょうな。もう誰も見向きもせんようなお社へお参りするのが楽しみだなんてことは」

「いえ、そんな」

「子供の時分から、ここへはよく遊びに来ておりましたんでね。いろいろと思い出もあります。あなたのような方にとっては、大昔の話ですが。それに、どうやら私が最後のようでしたからね。誰一人お参りにも伺わないんじゃ、御瀧《おんたき》様もお寂しかろうと思いまして」

「おんたき、様……？」

ぼくは首をかしげた。寂しい、という言葉に、内心目を見張るような思いがしていた。さっき目にした八幡宮の荒れ果てた様子と、ミツバちゃんから聞いたカズラ様の話が、鮮やかに脳裏に浮かび上がった。

肩を揺らし、老人はまた楽しげに笑う。

「ここにお祀《まつ》りされておる神様ですよ。うんと小さい時分に、ひいじいさんから聞いた話ですがね。ずっと昔、ここいらがまだ深い山だった頃に、神様がお住まいになっておられた滝があったんだそうです。白い蛇の神様だとか、龍の化身《けしん》だとか言われておったそうで、その神様を、ここへ祠を作ってお祀りしたんだという話でした。まあ、昔話ですな。私なんぞも、悪さをするとよく脅《おど》かされたもんです。御瀧様はおっかない龍神様だぞ、お前みたいな悪たれは食べられちまうんだぞ、なんて具合にね」

　実際おっかないですよ、とこっそり思いながら、ぼくはちょっと笑った。

　この人は、瀧子さんのことを知っている。こうして語り伝えて、今でもちゃんと信じてくれている。自分でも不思議なくらい、そのことにひどく安心できた。

「しかし、よかったですよ。私が最後ではなかったようで。あなたのようなお若い方がいらして下されば、御瀧様もきっとお喜びになります」

　お名前を伺ってもよろしいですか、と訊かれて、ぼくは自分の名を名乗った。村瀬《むらせ》といいます、と言って、彼は丁寧に頭を下げた。

　またお会いしたいですな、とぼくに笑いかけ、村瀬氏は鳥居の外へ歩み去っていった。遠ざかっていくその小さな後ろ姿を、ぼくは見えなくなるまで見送った。

　薄闇に覆われた本殿の中で、瀧子さんは格子扉の方へ顔を向けて肘枕で寝転がっていた。ぼくが入っていくと、お、まんじゅう、と機嫌よく呟いて体を起こす。

「君もだいぶ気が利くようになってきたな。やっぱしょっぱいもんの次は甘いもん食わないと体によくないからな」

「まあ、特に突っ込みませんけどね。それより、御瀧様なんて呼ばれてたんですね」

ぼくが言うと、包装紙を破っていた手を一瞬止めて、瀧子さんがこちらを見た。ああ、会ったのか、と小さく言い、箱を開けてまんじゅうを取り出す。

「いろいろだな。御瀧様、オタキ様、龍神様……オロチ様なんてのもあったかね。滝の姫《ひめ》神様《がみさま》とか、龍の弁天さん、とか言われたこともあったな。まあ、ずいぶん昔の話だが」

「弁天、ですか？」

「弁天てのは基本水の神なんだよ。江《え》の島《しま》とか琵琶湖《びわこ》の竹生島《ちくぶしま》とか、水の近くに祀られてることが多いだろ。嚴島《いつくしま》神社も弁天だしな。龍と同体だと言われてる場合も多い。海にしろ川にしろ、水ってのは命と豊穣を育むものではあるが、反面荒れ狂えば強大な脅威と化す。普段はきれいだけど怒ると超おっかないおねえさんみたいなもんだな」

「そのまんまですね……」

肩を落としてから、ふと思い出した。そういうものとしてこの世に生まれた。ミツバちゃんはそう言っていた。

水を司る龍の神様。美しく力強い、女の神様。かつてたくさんの人がそう信じたからこそ、瀧子さんは今、瀧子さんとしてここにいる。

「小さい頃から来てたんですよね、あのおじいさん」

ぼくが言うと、まんじゅうにかぶり付きながら、瀧子さんは少し目を細めた。

「ああ、まあ参拝ってわけじゃなく、仲間のガキ連中と一緒になって、単に遊びに来てたんだけどな」

うっすらと、瀧子さんは微笑んだ。懐かしむようなその表情が、少しだけ、さっきの村瀬氏の笑顔に重なって見えた。

「毎日毎日飽きもせずに、棒っ切れ振り回してわーわー騒ぎやがってさ。うるさくて昼寝もできやしなかったよ。チャンバラごっこだの兵隊ごっこだの……ちょうど戦争の頃だったからな。洟垂《はな》らしたガキが一丁前に威張りくさって、将校の真似事なんかしてたよ」

そう語る瀧子さんの顔を見ながら、ぼくは翔吾くんのことを思い出していた。あの穏やかそうなお年寄りがやんちゃな子供だった時代。想像してみようとしたが、上手くはいかなかった。翔吾くんがどんな大人になるのか、まるで想像が付かないのと同じように。

「まあ私にとっちゃ、今だって洟垂れのガキみたいなもんさ。いつのまにかあんなじいさんになっちまったけどな」

まんじゅうを齧りながら、瀧子さんは肩をすくめて笑った。

どうしてこの国にたくさんの神様が生まれたのか、その理由が、今なら少しわかるような気がした。人の心が神を生むという、その言葉の意味が。

御瀧様。オタキ様。龍神様。オロチ様。滝の姫神様。龍の弁天さん。瀧子さんが持ったくさんの名前はきっと、瀧子さんが生きてきた時間の長さと、瀧子さんを信じてきた人々の多さに結び付いている。ぼくが今彼女を、瀧子さん、と呼ぶように。

「そういえば、なんで瀧子さんなんですか？」

ふと思い付いて、ぼくは訊いた。まんじゅうをくわえたまま、瀧子さんがきょとんと瞬きをする。

「は？」

「いや、瀧子さんて呼べって言ったじゃないですか、初めて会った時に。なんでそんな名前なんです？」

そう呼べと言われたから深く考えずに言う通りにしていたが、そういえばミツバちゃんは龍神と呼んでいたし、ぼくが瀧子さんと呼ぶのを最初に聞いた時も、ちょっと不思議そうな顔をしていた。

なにを訊かれたのかわからないというように、瀧子さんはしばし目を丸くし、それからごくりとまんじゅうを飲み込んだ。

「なんでって、そりゃ単純に社の名前から取ったんだよ。清子《きよこ》でも瀧子でもなんでもよかったんだけどさ、清子ってのはなんかばあさんみたいだろ」

「全国の清子さんに怒られますよ。ていうか、そういう意味じゃなくて」

「別に……大した理由なんかないけどさ」

珍しく言葉を濁し、瀧子さんは唇を尖らせた。なんだか拗《す》ねているみたいな顔だった。

「龍神だなんだってんじゃ、付き合うにも堅ッ苦しいだろ。せっかく面突き合わせて口利いてんだから、もうちょっとこう、親しみっつーかなんつーか」

「はあ」

「別にいいじゃんかよ、名前くらいあったって。減るもんじゃないだろが」

「減るっていうか、むしろ増えてると思うんですけど」

言いながら、もしかして、と、ぼくは考える。

もしかして、名前が欲しかったんだろうか。龍神だとか弁天だとか、そういう神様としての名前じゃない、ごく普通に呼んでもらえる名前が。

初めてだと、ミツバちゃんが言っていたことを思い出す。この千年で、この人とこうして向かい合って普通に口を利いた人間は、ぼく一人だけなのかもしれない。

「瀧子さん」

「なんだよ」

「いえ、別に」

「は？」

「呼んでみただけです。気にしないで下さい」

にっと、ぼくは笑った。割といい気分だった。

呆気に取られたように口を開いていた瀧子さんの顔が、じわじわと紅潮していく。

「てめえ……なめてんのか、おい。いい度胸だな」

「ちょっと、なんですか。近いんですけど」

「うるさい。ちょっとその生意気な面貸せ。修正してやる」

「な、なんでそんなに怒るんですか。名前呼んだだけなのに」

「うるさいっつーんだよこの野郎。私をなめたらどういうことになるか教えてやる」

「なめてません！　断じてなめてませんから！　ちょっと、痛い！　首が痛い！」

「もげろ！　もげちまえこんな首！　いっぺんもいで付け直せ！」

「ちょ、ギブ！　ギブです！　ロープロープ！」

きれいだけど、超おっかない。

殺人的なヘッドロックをくらいながら、ぼくはまた、ちょっとだけ笑った。

*

コンビニの店内には、よく知らない歌手の賑やかなポップスが流れていた。アイスクリームのボックスの中から、二つを選んでレジに向かう。どっちがいいか訊くと、店の外で待っていた紫ちゃんはチョコレートの方を選んだ。

「で、どういうこと？」

抹茶あずきのアイスクリームを袋から取り出しながら訊く。もうすっかり夕方だ。空は鮮やかなオレンジ色に染まっている。

「だから、今日泊めてって言ってるじゃん」

「それは聞いたけどさ」

ちびちびと、ぼくはアイスクリームを齧る。なんでこんなことになっているのかと、少しばかり頭を抱えたいような気分だった。

瀧子さんのヘッドロックの餌食になってからマンションに戻ってくると、エントランスの前にスポーツバッグを持った紫ちゃんが立っていた。七分袖のTシャツにデニムのショートパンツという私服姿の紫ちゃんは、ぼくの顔を見るなり、今日田嶋くんのとこ泊めて、と淡々とした口調で言った。

「あのさ、何回も言うみたいだけど、無理だから。駄目だよ、そんな」

コンビニのガラス壁に背中を預けながら、ぼくは徒労感と共にまた言った。隣でアイスクリームを齧っていた紫ちゃんが、横目でじろっとぼくの顔を見上げる。

「なんで？」

「なんでって、なんでもだよ。そんなさ、簡単に泊めてくれなんて、男相手に言うもんじゃないよ、ほんと」

「男って、田嶋くんじゃん。別に誰にでも言ったりしないよ」

「そういう問題じゃなくて。とにかく、なにがあったか知らないけどさ、帰った方がいいよ。もう暗くなるし」

「平気だよ。友達のとこ泊まるって、ちゃんと言ってきたし」

「じゃあその友達のとこに行けばいいんじゃないの？」

「だから、田嶋くんのことでしょ」

　話が前に進まない。

「しょうがないじゃん。他に思い付かなかったんだもん」

　ぼそぼそと、拗ねたような口調で紫ちゃんが呟く。ぼくはその小さな横顔を見やった。眉間《みけん》にきゅっと皺を寄せ、紫ちゃんがこちらを向く。

「一晩くらいいいでしょ？　ちゃんとおとなしくしてるし。それに田嶋くん、どうせ夜は仕事なんだしさ」

「あ、そうか」

「そうでしょ？　だったらいいじゃん、わたしが留守番しといてあげるから」

「いや、そうじゃなくて、ぼく今、違うんだよ。バーの仕事はしてないんだ」

「え？」

　紫ちゃんが目を見張る。そういえば言ってなかったな、と思いながら、ぼくは指先でほっぺたを掻いた。

「なんで？　辞めちゃったの、お店」

「いや、辞めたっていうか、ちょっと事情があって、店が閉まっちゃったもんだから」

さすがに店長が夜逃げしたとは言えない。紫ちゃんが、すうっと表情を曇らせる。

「じゃあ、仕事は？　もしかして、見つかってないの？」

「えっと、まあ、平たく言えば」

「そうなんだ……」

力なくそう言い、紫ちゃんはうつむいた。

「なんか、いろいろ大変なんだね、田嶋くんも」

聞こえてきた声は、なんだかひどく心細げだった。そんなに心配させてしまっただろうかと思いながら、いやとかまあとか、ぼくは曖昧な返事をした。

「あの、ぼくのことはともかくさ、やっぱり帰った方がいいんじゃないかな。うちに泊めてあげるわけにはいかないし、しょうがないだろ？　友達のうちには泊まれなくなったって言えばさ」

「ほんと鈍いよね、田嶋くんて」

ぼくの言葉を遮るようにして、紫ちゃんは言った。また眉間に皺が浮く。

「うちにいたくないから出てきたんじゃゃん。なんでわかんないかな、それくらいのこと」

「え？」

言葉を失って、ぼくは紫ちゃんの顔を見つめた。ずいぶん大人っぽくなったと思っていたが、ちょっとむくれたようなその表情は、やっぱりまだ頼りない子供の顔だった。

お父さんかお母さんと喧嘩《けんか》でもしたの、と訊いてみると、そんなんじゃない、と言ってかぶりを振る。右手に持ったアイスクリームが溶けかけていた。

「今、ちょっとごたついてるの。空気悪くてさ。どうせ今日から三連休だし、しばらく外に出てようと思って」

「ごたついてるって……」

「わたしがうちにいると、話とかしづらそうだし」

早口に、紫ちゃんはそう言った。さっぱりわけがわからなかったが、ふと、離婚という文字が頭をよぎった。まさか、と慌てて否定する。

ちょっと気の弱そうな風貌の会社員のお父さんと、紫ちゃんによく似た面差しの、ちゃきちゃきとした明るいお母さん。それに、あのよく喋る祖母。家庭教師をしていた頃、何度か一緒に晩ごはんをご馳走《ちそう》になった。ごく普通の、仲のいい家族だったと思う。逆に言えば、それくらいの印象しかない。

紫ちゃんはじっと下を向いている。肩を丸めたその姿が、いつになく小さく見えた。

初めて会った時、紫ちゃんはまだ小学生だった。髪は今よりずっと長くて、オレンジ色のランドセルがよく似合った。アパートの前でたまに行き合うたび、いつも元気な声で挨拶をしてくれて、戸惑いつつも、ちょっとうれしかったことを覚えている。

「どうしても、帰りたくない？」

まだ少しためらいを残しながらそう訊いてみると、紫ちゃんは勢いよくこちらを見上げた。すがるような眼差しが、なんとなく子犬を連想させた。

きちんと家に帰るよう説得するのが、大人としての務めかもしれない。とはいえ、どこかで聞いたような説教をするのはあまり気が進まなかった。それに、兄貴分としてはせめて味方にくらいなってあげたいとも思う。

「というわけで、重ね重ねほんとにどうもすいません！」

ぴしりと気を付けをした姿勢からがばりと九十度腰を折る。恐る恐る顔を上げると、ガラスケースの向こうに並んだちはるさんとおばさんが、困惑げな面持ちで顔を見合わせているのが目に入った。

「そういうことなら、うちは別に構わないけど。ねえ、お母さん」

「まあ、どうせ女二人だしね。狭い家だから、勝手は悪いだろうけど」

頰に片手を添えながらちはるさんが言い、おばさんが軽く肩をすくめる。ほんとにすいませんと、ぼくはまた頭を下げた。

「だけどあんた、親御さんはほんとに承知してるんだろうね。ちゃんと連絡しとかなきゃ駄目だよ」

「はい、大丈夫です。あの、すみません、ご迷惑をおかけして」

おばさんの言葉に、紫ちゃんも殊勝にお辞儀をする。ここに来るまではなんでどうしてと散々文句を言っていたが、それもようやく引っ込んだようだ。

「紫ちゃん、だったわよね？　うちね、ここの奥と二階が自宅になってるの。わたしの部屋で一緒に寝てもらうことになるけど、いいかしら」

優しく微笑んで、ちはるさんが紫ちゃんを見つめる。紫ちゃんはちょっと頰を赤くし、慌てたようにうなずいた。

「あ、はい。あの、葛城《かつらぎ》紫です、よろしくお願いします」

「こちらこそ、よろしくね。織原ちはるです。じゃあ、案内するわね。どうぞ入って」

「あ、はい。ありがとうございます」

もう一度頭を下げ、紫ちゃんはガラスケースの脇を抜けて店の中に入っていく。顔はまるで似ていないが、並んだ姿はなんとなく姉妹のように見えた。

「あの子、どうかしたのかい」

二人の姿が見えなくなるのを待ってから、おばさんがぼくの方に向き直ってぽつりと言った。相変わらずぶっきらぼうだったが、少し心配そうな声音《こわね》も混じっている。

「いえ、よくわからないんですけど……家でなにかあったみたいで」

声を落として、ぼくは答えた。詳しい事情を訊くべきかとも思ったのだが、紫ちゃんが自分から話さない以上は詮索するのはよそうと思って、特に問い質《ただ》したりはしなかった。

ふうんと鼻先でうなずき、それからおばさんは少し呆れたようにじろりとぼくを睨む。

「しかしあんたも、なんだかんだで面倒見がいいっていうか……珍しいね、今時」

「はあ、すいません」

「他人の事情に巻き込まれて損するタイプだね」

ずばりと言われ、ぼくはうっと言葉に詰まった。別に好きで巻き込まれているわけではない、と口には出さずに抗弁する。本来ぼくは、あんまり余計なものがくっついてこない簡便な人生を愛する男なのだ。多分。

「まあ、損するのが悪いとは限らないけどね」

素っ気ないその声に、ぼくはちょっとびっくりして前を向いた。おばさんが珍しく小さな笑みを浮かべ、ぼくの顔を見つめていた。

悪いとは限らない。

そうかもしれないなと、内心苦笑しつつぼくは思った。

「あの、それじゃあ一晩だけ、よろしくお願いします。お世話になってばっかりで、申し訳ないですけど」

「そう何回も謝らなくていいよ。それより、コロッケ買ってきな」

「は？」

「それでチャラってことにしといてやるよ」

またいつもの仏頂面に戻り、おばさんが言う。

ありがとうございますと、ぼくはまた深々と頭を下げた。


「あー……眠い」

気を抜くと勝手に閉じていこうとする瞼を無理やり押し開け、ぼくは朝日に照らされた坂道をよろよろと下っていた。真新しい日の光が眼球に沁《し》みて、涙が世界を滲ませる。

「田嶋くん！」

目覚めてから何十度目かのあくびをしようとした時、後ろから声がした。口を開けたまま振り返る。

「おはよう。早いじゃん、どうしたの？」

Tシャツにハーフパンツという恰好で軽快に坂を駆け下りてきた紫ちゃんが、ぼくの隣で立ち止まってにっこりと微笑んだ。ベリーショートの前髪の下できらきらと輝く汗が、朝日以上に眩しい。

「そっちこそ……なにやってんの、こんな時間に」

「こんな時間って、もう七時だよ？」

まだ七時だ、と思ったが、眠かったので黙っていた。

「朝練だよ。町内一周十キロコース」

「げえ……」

「なに、げえって」

「いや、別に。こんな時までやるの、それ」

「習慣だからさ、やらないと気持ち悪いんだ。涼しくなってきたから走りやすいし。それに、ちはるさんもおばさんもとっくに起きて仕事してるんだもん。わたしだけいつまでも寝てらんないよ」

　当たり前だと言いたげな面持ちで、紫ちゃんは肩をすくめる。

「田嶋くんは？　あ、健康のためにウォーキングとか？」

　生憎、ぼくはそんな面倒なことをしてまで健康を維持しようという情熱は持ち合わせていない。

「いやまあ、なんていうか、様子見、かな」

「え？」

「人様のお宅に預けちゃったわけだからさ。一応、どうしてるかなって」

　あくびを噛み殺しつつ、言う。紫ちゃんは、ふふっと照れ臭そうに笑った。

　元気そうだ。昨日のしょんぼりしていた姿が嘘みたいに思える。

　紫ちゃんと並んで、ぼくはまた坂道を下り始めた。紫ちゃんはまだ走り足りないようだったが、さすがにそれに付き合うスタミナはない。

「田嶋くんてさ、好きなんでしょ、ちはるさんのこと」

天気の話でもするように、不意に紫ちゃんが言った。出かけていたあくびが引っ込んだ。

「さ、さあ。なんの話だかわからないけど」

「声裏返ってるよ」

わかりやすいよね、と、紫ちゃんは呆れたように吐息を漏らす。

「きれいだし優しいし可愛いし、お料理は最高に上手だしね。まあ、そういう趣味がまたわかりやすいんだけど。男の人ってそういうの好きだもんね」

「そりゃ、悪かったね……」

「でもさ、難しいと思うよ」

少し声を低くして、紫ちゃんが言った。ぼくは隣を見る。いつのまにか、紫ちゃんはやけに真剣な顔をして足下に視線を落としていた。

「難しいよ、ちはるさんは」

独り言のように、紫ちゃんはまた呟く。ぼくは黙り込んだ。妊娠。その言葉が、また頭の中にくっきりと浮かび上がった。

「難しいって……えっと、付き合ってる人がいるとか、そういうこと？」

内心の動揺を必死で押し隠しながら、ぼくは言った。紫ちゃんが、ちらりとぼくの顔を見上げる。

「それは、いないみたいだけど」

「えっ、いないの？」

どういうことだと、ぼくは首をひねる。てっきり、今付き合っている男との間に子供ができたものだと思っていた。ということは、妊娠云々という話自体が取り越し苦労というか、つまり、やっぱり翔吾くんの思い過ごしだったということだろうか。

「海外に転勤になって、ちょっと前に別れたんだって。一緒に行くとか、そういう話は全然なかったみたい。結構長く付き合ってたらしいんだけどね。だからまあ、転勤はただのきっかけっていうか、お互い、そういうことならじゃあそろそろ終わりにしようかって」

「ちょ、ちょっと待って。そんなことまで話したの？　ちはるさんと？」

「別に。まあ、成り行きっていうか」

「成り行きって……」

どんな成り行きだ。

ぼくは紫ちゃんの顔を見つめる。その横顔は真剣を通り越して、いっそ機嫌が悪そうにさえ見えた。

短い沈黙の間に、ぼくは考えを巡らせた。逡巡《しゅんじゅん》の末、恐る恐る口を開く。

「もしかして、聞いた？」

弾かれたように、紫ちゃんが鋭くこちらを見た。まるで、なにかを必死で守ろうとしているかのように。

「聞いたってなにが？」

「いや、別に、なにっていうか」

　さすがに言えない。ぼくがもごもごと口の中で言葉を嚙み潰していると、不意に紫ちゃんの目の色が変わった。

「もしかして、知ってるの、田嶋くん」

「えっ？　いや、知ってるって、なにが？」

　こうも埒《らち》が明かない会話もない。紫ちゃんは更に視線を強めてぼくを睨み上げてくる。

「なんで知ってるの？　ちはるさん、まだおばさんにしか話してないって言ってたのに」

「いやだから、なにが？　知らないよ、なんにも」

「嘘。知ってるでしょ。顔見たらわかるよ、それくらい」

「だから、なんの話かって……」

「赤ちゃんのことに決まってるじゃん！」

　怒ったように、紫ちゃんは声を荒らげた。それから、はっと表情をこわばらせる。

　予想はしていたにも拘らず、衝撃で口が利けなかった。いつのまにか、ぼくらは坂道の途中で立ち止まっていた。

「ちはるさんが、そう言ったの？　その、赤ちゃんがいるんだって」

ようやく、ぼくはそれだけを口にした。僅かに、紫ちゃんが頭を上下させる。

「部屋に、母子手帳が置いてあるの、見ちゃったの。彼氏が海外に行っちゃったあとでわかって、だから、連絡はしてないって」

搾り出すように、紫ちゃんは掠れた声でそう言った。ぼくはまた黙った。最初の衝撃が波が引くように消えて、あとには妙な冷静さのようなものだけが残った。

「まあ、悪いことじゃないよ」

小さく、ぼくは言った。紫ちゃんがこちらに目を向ける。

「赤ちゃんが産まれるんだから、おめでたいことだろ？　いろいろ大変なこともあるだろうけど、ぼくらは素直に応援して、お祝いしてあげればいいんじゃないかな」

自分の言葉を噛みしめ、ぼくはうなずいた。他でもないちはるさんの赤ちゃんなのだ。ぼくはきっと、心からお祝いできる。今は、不思議とそう思うことができた。

たとえちはるさんがお母さんになっても、ぼくの気持ちは多分変わらない。

だが、紫ちゃんの表情は少しも明るくならなかった。

「そう、なのかな」

「え？」

「おめでとうございますって、わたし、言ったんだよ。男の子か女の子かとか、名前とかもう考えてるんですかとか、なんか、ついはしゃいじゃって」

紫ちゃんの声が、微かに震えた。まるで、なにか大切なものをうっかり落として壊してしまって、途方に暮れているみたいな声だった。

「ちはるさん、笑ってたけど……でも、困ってたみたいだった」

ぎゅっと、紫ちゃんは両手を強く握りしめる。

「ほんとに産んでもいいのか、わからないって、言ってた」

泣き出しそうな声で、紫ちゃんはそう言った。その言葉の意味を飲み込むのに、なんだかやけに時間がかかった。

「それ、どういう……」

そう、言いかけた時だった。

プッ、と軽いクラクションの音がして、ぼくははっと後ろを振り返った。

ぼくらの立った歩道のすぐ横に、白い箱バンが停車していた。

「田嶋くんも一緒だったの。よかった、なかなか戻ってこないから心配してたのよ」

運転席の窓から顔を出し、ちはるさんがにっこりと笑う。

「お店も一段落したし、そろそろ朝ごはんにしようと思って。田嶋くんも一緒に食べていかない？　大したものはないけど、よかったら」

ちはるさんの、そのいつも通りの声を聞きながら、ぼくと紫ちゃんはその場に立ち尽くしていた。なにか返事をしなければいけないと思ったのに、声が出なかった。

　そんなぼくら二人の顔を、なにかを確かめるようにじっと見比べてから、ちはるさんは少しだけ困ったように、唇に微かな微笑みを浮かべた。

「なんだ、手ぶらかよ。まあ昨日の今日だから別にいいけどさ」

　板戸を開けて本殿に上がり込むと、瀧子さんの声がぼくを出迎えた。横柄なその声を聞いただけで、なんだかひどくほっとしてしまう自分がいた。

「話が、あるんですけど」

　あぐらをかいた瀧子さんの正面に正座をし、ぼくは言った。なんだよ改まって、と瀧子さんが軽く答える。本当はもう、全部見透かされているんじゃないか。ふと、そんな考えが頭をよぎった。

「瀧子さん、この前言いましたよね。惚れた女には、幸せでいてほしいと思わないかって」

「言ったたな。それがどうかしたか？」

「瀧子さんの力で、ちはるさん、幸せにしてあげられますか」

　膝の上に載せた自分の手を、ぼくはじっと見つめていた。

　惣菜店に戻る車の中で、ぼくと紫ちゃんは、ちはるさんから短い話を聞いた。それは、本当に短い話だった。

昔、一度赤ちゃんができたことがあってね。堕ろしたの、その子。三か月だったわ。今お腹にいるこの子より、まだもっと小さい頃。専門学校に通ってた頃で、お金もなかったし、結婚なんて無理だったし。だけど、そんなの言い訳にならないわよね。殺したんだもの、わたし。生きてたら、ちょうどあの子と、翔吾くんと同じくらいの年だわ。変な話よね。産まれてくる前なら、殺しても罪にならないなんて。

淡々とそう言って、ちはるさんはくすっと笑いさえした。

ぼくが知っている、どんな笑顔とも違う笑みだった。

店に着くと、ちはるさんは、今の話、お母さんには内緒ね、と言った。今まで誰にも話したことなかったの、だから内緒ね、と。

それからちはるさんは、ぼくと紫ちゃんを厨房の奥の茶の間に上げ、卓袱台の上に朝食のおかずを並べて、ごはんと味噌汁をよそってくれた。なにもなかったみたいににこにこ笑って、朝の情報番組を見ながらおばさんと喋ったり、紫ちゃんに学校や部活のことを訊いたりして、楽しそうにごはんを食べていた。

今まで何度も見てきたのと同じ、いつも通りのその笑顔を、ぼくは初めて、今までとはまるで違う気分で眺めた。

ちはるさんは難しいよ、と言った紫ちゃんの言葉が、何度も頭の中に響いた。

「ちはるさん、今でも許せないんだと思うんです、自分のこと」

握った手の甲を見つめて、ぼくは言った。

「ずっと、責めてるんです。つらい思いだって、たくさんしたはずなのに、そんなこと一言も言わないで、ただ、自分が殺したんだって。ぼく、なにも言えませんでした。ぼくなんかがなにを言っても、そんなの、なんの意味もない気がして」

届かないと思った。死んだ赤ちゃんのことを、感情一つ交えずに語ったちはるさんの顔は、慰めも励ましも、そんなものは全部拒絶しているみたいに感じられた。

「ちはるさん、いつも笑ってました。五年ですよ。そりゃ、ぼくはただ店で顔合わせるだけの単なる客で、世間話くらいしかしたことないですけど、でも、五年ですよ」

胸苦しさを持て余し、ぼくはきつく唇を噛んだ。心臓のすぐ近くに、心臓によく似たいびつな塊があった。それはぼくの鼓動に合わせてどくどくと収縮し、血液とは違う、なにかどろりとした得体の知れないものを、ぼくの体の中に巡らせていた。

「ぼくが口出しすることじゃないのはわかってますよ。わかってますけど、でも、このまま じゃよくないと思うんです。ちはるさん、迷ってます。産むかどうか迷ってるんじゃなくて、自分が本当にお母さんになっていいのかどうか、迷ってるんです。せっかく赤ちゃんが産まれてくるのに、このままじゃ」

ちはるさんは、胸を張って我が子と向き合えないのではないだろうか。

ぐっと喉が詰まり、ぼくは言葉を切った。生意気を言っているという自覚はあった。ちはるさんの前では、口が裂けたってこんなことは言えない。けれど、得体の知れないなにかが体を巡るたび、言葉が口から溢れ出る。

「ぼくは、嫌なんですよ。子供は敏感だって、瀧子さん言ってたじゃないですか。ぼくは子育てなんかしたことないですけど、子供だったことはありますから、なんとなくわかりますよ。だから嫌なんです。ちはるさんのお腹にいる赤ちゃんだって、きっと嫌ですよ。せっかく産まれるんだから、幸せに産まれたいじゃないですか。少なくとも、自分のお母さんには、産まれたことを堂々と歓迎してほしいはずですよ」

誰かの支えになるためには、まず自分が自分の足を支えなければならない。なんの力も持たない赤ちゃんを守り支えるはずの母親の足下がぐらついていたら、赤ちゃんはどうなってしまうのか。

「ちはるさんにも、赤ちゃんにも、ぼくはちゃんと幸せになってほしいんです。だけど、それはぼくにはどうしようもないんですよ。全部、ちはるさんが決めることで、だからちはるさん自身が変わらないと、なにも変わらないんです」

許せない思いも、自責の念も、それはすべてちはるさんの中にある問題で、ぼくには手が出せない。ちはるさんの心にずかずかと土足で踏み込んで、抱えている気持ちを勝手に仕分けして、こんなものはいらないから捨ててしまえなんて、言えるはずもない。

幸せになってほしいなんて、ただの自己満足だ。

「そうだな」

それまでずっと黙っていた瀧子さんが、ぽつりと言った。

「人の心は変わる。だが同時に、変えられない。それもまた、この世の一つの流れだからな」

表情のない顔で、瀧子さんはじっと格子扉の方を見つめていた。

「外側からいくら働きかけても、心ってのは変わらない。変わることができるとしたらそれは、当の心そのものが変わることを選択した場合、それ以外にはないんだ。人が人の心を動かすなんてよく言うがな、そんなのはただの錯覚さ」

そう言った瀧子さんの声はひどく冷たく、まるで底の見えない闇の中を覗き込んでいるかのように暗かった。思わず、背筋がぞくりとした。

その暗さに抗おうと口を開きかけた時、唐突に、瀧子さんの唇がふっと笑った。

「けどまあ、そうだな。どんな場合でも、可能性ってのはゼロじゃない」

こちらに目を向けて、瀧子さんは微笑んだ。ぼくのよく知っている、いつもの瀧子さんの顔だった。

「賭けるか？　青年」

真っ直ぐにぼくの顔を見据え、瀧子さんは言う。

「一か八かって奴だが、分は悪くないと思うぜ。要はタイミングと方向性さ。王様の耳はロバの耳も結構だが、君、吐き出しただけで終わるつもりはないんだろ？　本気で向き合う覚悟があるなら、胸を張って賭けてみろよ」

挑むような眼差しを浮かべて、瀧子さんはにいっと笑った。

ぐらついていた体の中に、一本の芯が通った気がした。深呼吸をする。心臓の隣のいびつな塊が、収縮をやめた。

ぼくは瀧子さんの顔を見返して、はい、と大きく返事をした。

殺風景な四畳半の中央にあぐらをかいて、鬼ヶ岳は靴下の穴を繕っていた。

傍らには、多分小学校時代の家庭科の教材だと思われる、古いアニメキャラクターのイラストが入った裁縫箱が広げられている。縫い針に待ち針、裁ちばさみ、種々のボタン、様々な色柄の端切れなどが、プラスチックの箱の中に整然と詰め込まれていた。

「ちょうどいいや。お前、裁縫できるよな」

一升瓶とまんじゅうの箱を両手に提げ、ぼくは部屋に上がり込んだ。壁際には折り畳み式の卓袱台、木枠の窓の下には几帳面に畳まれた布団が一組。そして、どこかの骨董屋《こっとう》で投げ売りされていたという柳行李《やなぎごうり》と古臭い文机《ふづくえ》。掃除の行き届いた四畳半に置かれているものは、それですべてだった。

「まあ、人並みには」

中に電球を突っ込んだ靴下に目を落とし、鬼ヶ岳は相変わらずぼんやりとした口調でそう答えた。靴下の穴を繕う時は、電球を履かせるとやりやすい。ずいぶん昔、亡くなった祖母が同じことをしていたのをなんとなく覚えている。

「人並みの男子大学生は、穴の開いた靴下をいちいち繕ったりしない。ついでに、古いセーターを編み直してマフラーに再利用したりもしないし、シャツの端切れで別のシャツに継ぎを当てたりもしない」

「ていうか、なに、急に」

「作ってほしいものがあるんだよ。大至急だ」

ジーンズのポケットを探り、ぼくは四つ折りにしたノートの切れ端を取り出した。中の絵が見えるように広げ、鬼ヶ岳の眼前に突き出す。縫い針と靴下を大儀そうに床に置き、鬼ヶ岳は眉をひそめて、ぼくの手からその紙切れを受け取った。

「なにこれ」

「見りゃわかるだろ。大きさやなんかもそこに書いてある」

「この、なんかきらきらした感じ、ってなに」

「布のイメージだよ。なんていうかこう、高級感とありがたさが醸し出されてるような感じだ。そういう指定なんだ。間違っても、お前のシャツの端切れとかで作るなよ」

「指定って」

「細かいことは訊くな。資金がいるならぼくが全額出すし、礼もする。ほら、これ」

酒とまんじゅうを目の前に差し出す。鬼ヶ岳は、はっきりと嫌そうな顔をした。

「こないだから、なんで酒」

「喜捨の心だ。気にするな」

「おれ、飲まないし」

「例の無限二日酔いの奴にでも回せばいいだろ」

「今、禁酒。飲みすぎて進級危ないらしいし」

「じゃあ別の奴でもいいよ。とにかく、どうしてもそれが必要なんだ。今度飯でも奢《おご》るからさ」

身を乗り出して詰め寄ると、鬼ヶ岳は軽く唇を尖らせ、ぼくの爪先から頭のてっぺんまでを胡乱《うろん》げな眼差しでさっと撫でた。

「ていうか、なんでそんなに金あるの。酒とか、飯とか、資金がどうとか」

若干ぎくりとして、ぼくは並んだ柳行李と文机の方へ視線を逸らした。

「別に、まあ、ちょっとした臨時収入っていうか」

「犯罪がらみとか」

「なんでそうなるんだよ」

「なんか変だし、この頃」

　繕いものを再開しながら、鬼ヶ岳は肩をすくめる。なんとなく後ろめたいような気分になり、ぼくは文机の上に並べられた教科書やノートの背表紙を意味もなく眺めた。手垢《てあか》の付いた正法眼蔵《しょうぼうげんぞう》の文庫本があるのは、おそらく個人的な蔵書だろう。

「なんかお前、最近原嶋さんに似てきた」

「は？」

　ぐるりと首を元に戻し、ぼくは鬼ヶ岳の顔を見つめた。こちらには目もくれず、鬼ヶ岳は淡々と縫い針を動かしている。

「ぼくが？　どこがだよ。あんな守銭奴《しゅせんど》と一緒にするな」

「妙に生命力ありそうなとこ。叩いても死ななそう」

「なんだよそれ、ゴキブリじゃあるまいし」

「こないだまでは、叩いたら三日くらい起き上がってこなそうだったけど」

　平坦な口調で、鬼ヶ岳はそう言った。ぼくはまた顔を背ける。

「叩かれても、起き上がらなきゃならない時ってのがあるんだよ、人生には」

　正法眼蔵の背表紙をじっと見つめながらそう言うと、鬼ヶ岳は手元に目を落としたまま、ふうんと、どうでもよさそうに呟いた。立ち上がり、ぼくは狭い部屋を突っ切って廊下に出る。

「さっきのあれ、木曜には取りに来るからな。頼んだぞ」

「別にいいけど、生地とか、おれが選んでいいの」

「任せるよ。今ちょっと忙しいんだ。それに、男二人で手芸屋っていうのもなんかぞっとしないしな」

顔をしかめて背を向ける。鬼ヶ岳がふん、と鼻を鳴らすのが聞こえた。

漆喰《しっくい》の壁を這う巨大な蜘蛛《くも》を横目に見ながら薄暗い玄関で靴を履き、ぼくはその古びた木造アパートをあとにした。自転車を漕いで駅前まで戻る。まだせいぜい二時過ぎという時間だが、朝が早かったせいかすでにかなり眠い。客待ちのタクシーが並ぶロータリーをなんとなしに見やった瞬間、ぼくは反射的に急ブレーキをかけた。

駅舎の前のバス乗り場。そこに二つ並んだベンチの片方に、腰を下ろしている若い男の姿が見えた。ずるっとしたジーンズに包まれた脚を開き、ベンチの背にもたれてがっくりと頭を垂れている。

顔は見えない。だが、ぼくにはそれが誰なのか、考えるまでもなくすぐにわかった。深くうなだれた頭。東急ハンズのパーティーグッズ売り場で売っているカツラみたいなその見事なアフロは、たとえ百メートル先からでも判別が付くだろう。

強く奥歯を嚙み、ぼくは即座に自転車の向きを変えた。ロータリーを突っ切って再びブレーキをかける。自転車に鍵をかけるのも忘れ、ぼくはつんのめるようにしてベンチに駆け寄った。立ちはだかるように真正面で足を止めると、アフロの男がぴくりと頭を揺らし、どんよりと濁った目をこちらに向けた。

視線がぶつかると、彼は我に返ったように瞬きをした。干涸びた唇が、酸素を求める金魚のようにぱくぱくと開閉する。

「な、なんで……？」

力の抜けた声が、ようやくその口から漏れた。なんでじゃないだろ、と思いながら、ぼくは荒くため息をついた。アフロの男は逃げ場を探すように左右に視線を泳がせ、それから観念したように、ベンチに乗せた尻をずるりと滑らせる。

「なにやってんですか、森田さん」

いら立ちにも似た感情を嚙み潰しながら、ぼくは言った。名前を呼んだ途端、どうしようもないくらいの安堵感が押し寄せてきて、ひどく複雑な気分になった。

「なんで……こんな早く、見つかるわけ？　せっかく、こっそり戻ってきたのに」

逃亡生活から帰還した森田さんは、うっすらと涙ぐんだ声で恨めしげにそう言った。

「アフロ、やめたらいいんじゃないですか」

ぼくは投げやりに言った。どうでもよかった。生きて戻ってきてくれたのだから、とりあえず他のことはどうでもいい。

おかえりなさい、と声をかけると、森田さんは顔を歪めてごめん、と呟いた。

「こんな、すごい迷惑かけて……ほんとにごめん。合わせる顔ないよ、俺」

「もう合わせてるじゃないですか。別にいいですよ、その顔で」

首の後ろを掻きながら、ぼくは森田さんの隣に腰を下ろした。ぐずぐずと洟を啜って、森田さんはうんと言った。こけた頬と、落ち窪んだ眼窩《がんか》。ちょっと見ない間にずいぶん痩せた気がする。目の下には、くっきりと隈《くま》が浮いていた。

「どこにいたんですか、今まで」

痛々しい横顔から目を逸らし、ぼくは訊いた。結局、たかだか三週間程度の逃避行だったわけだ。しかし、えらく長い三週間だったようにも思えた。

「原嶋のとこ」

ぼそりと、森田さんが言った。驚いて、ぼくはまた隣を見やる。

「え？　まさか、福井まで行ったんですか？」

「うん、そう」

うなずき、森田さんは鼻の下を擦《こす》った。呆れつつも、ぼくは納得する。確かに、森田さんが最後に頼るとしたら、それは原嶋さんくらいしかいないはずだ。

大学卒業後、原嶋さんは就職のために郷里の福井県に帰った。就職先は、なんと県立の高校である。あの原嶋さんが社会人として真っ当に働いているということ自体がぼくには信じがたいのだが、よりにもよって高校教師とは、もはや想像することも難しい。

「ずっと説教されてた、あいつに」

　力なく、森田さんは笑った。それだけは容易に思い描くことができた。不健康そうな浅黒い顔に無精髭。無駄に鋭い眼光。日に二箱もの煙草を根元まで灰にしながら、あの人は昔からむやみやたらと説教ばかりしていたものだ。

「バカだとかカスだとかクズだとか、もうめちゃくちゃ言われてさ。俺の忠告を聞かないからこういうことになるんだって、なんか、鬼の首を取ったようっていうか」

「そういう人ですよ、あの人は」

「だけど、出てけとか帰れとかは、一回も言わないんだよね、あいつ」

　へへっと、森田さんはまた笑う。

「飯とか、作って食わせてくれたりしてさ。田嶋くんに電話しろって言ったのも、原嶋なんだ。生きてることだけでも伝えとけって」

「ああ、あの時の公衆電話、それで」

「携帯は、電源入れると街金《マチキン》から電話かかってくるから……あ」

　しまった、と言いたげに森田さんが青ざめる。ベンチの背にもたれ、ぼくはロータリーの向こうに目をやった。

「知ってますよ。借金あるんでしょ」

「え、なんで」

「見てりゃわかりますよ、そんなの。ていうか、みんな知ってます。パピヨンの恭子ママも、織原のおばさんも、ちはるさんも」

「えぇー……な、なにそれ」

情けない顔で肩を落とし、森田さんはがっくりとうなだれる。

「いくらあるんですか、借金」

ぼくは訊いた。森田さんはしばらく黙っていたが、やがてぼそりと、にひゃくまん、と呟いた。二百万。

「はあっ？　なんでそんなにあるんですか！」

「だ、だって……今月の支払い足りないなと思ってちょっと借りて、でも次の月も足りないからまた借りて、それでその返済期限が来て、でも金がないから今度はよそで借りてきて、そしたら今度はそっちの金が返せなくなって、しょうがないからまた別のとこで借りて、そのうち利子もかさんでくるし、そうやってるうちに、なんか」

気付いたらそうなっちゃった。泣きそうな声で、森田さんは言った。

絵に描いたような多重債務者だ。しかし、そのちょっと足りない支払いの中にもしかしたらぼくの給料が含まれていたのかもしれないと思うと、迂闊に責めることもできない。

「な、なんとかしようとしたんだよ、俺だって。売り上げ上げないとって思って、酒の種類増やしてみたりとか、フリーペーパーに広告出してみたりとか」

「経費増やしてばっかじゃないですか……」

片手で顔を覆い、ぼくはベンチの背にもたれた。ごめん、とまた呟いて、森田さんは肩をすぼめた。しばらく黙り込んでから、原嶋がさ、と小声で言う。

「原嶋が……あいつ、真面目に先生やってんだよね。俺、びっくりしたんだけど」

「え？」

「真面目っていうか、相変わらずあの感じではあるんだけどさ。でも、夜中にさ、生徒からメール来たりとかしてて」

「メール？」

「進路のこととか、友達のこととか、生徒があいつに相談してくるんだよ。そしたらあいつ、真夜中なのに電話かけてさ、なんか一生懸命話してんの、生徒と。あの原嶋がさ。信じらんないだろ」

困惑と呆れと、そしてどこか憧憬《しょうけい》の交じった顔で、森田さんは笑う。

「別に、熱血とかじゃないんだけどさ、原嶋だから。でも、ちゃんと話聞いてあげてんの。なんか、それ見てたらさ、俺、なにしてんだろうって、情けなくなって」

不意に、森田さんはくしゃりと顔を歪めた。掌が、その顔をごしごしと擦る。

「このままじゃ駄目だって、思ったんだよね。いつまでも逃げ回ってたって、どうにもならないし。それで、とにかく帰ろうと思ったんだけど……電車に乗っちゃってから、なんか、また怖くなってきて」

やつれ果てた目に、じわりと涙が浮いた。鼻の頭が赤い。

「どうすればやり直せるのか、全然わかんなくてさ。もう、どこにも頼れないし。親にだって、今更金貸してくれなんて言えないしさ」

両手を額に押し当て、森田さんは深々と上半身を伏せた。よれたTシャツの下のがりがりに痩せた肩を、ぼくはじっと見つめた。

胸を張れ。瀧子さんが、そしてミツバちゃんがかけてくれた言葉が、耳の奥に蘇った。

「店の契約は？」

ぼくは尋ねた。やや間を置いて、森田さんが顔を持ち上げる。

「え、なに？」

「店の賃貸契約ですよ。カレイドスコープの。解消しちゃったんですか？」

「いや、一応、まだだけど……でも、家賃も滞納してるし」

「それ払えば、まだ店は続けられるってことですよね」

「そうだけど、でも」

「やり直したいんですよね、森田さん。だったら、やり直せばいいじゃないですか」

きっぱりと、ぼくは言った。森田さんが、真っ赤になった目で幾度か瞬きをする。

「ぼく、今度はちゃんと手伝います。経営のこととかも、正直全然わかんないですけど、勉強しますよ。だから、もう一回一緒にやらせて下さい」

「え、で、でも、借金とか……二百万だよ？　俺マジで金ないし、返せるわけないよ」

「大丈夫です。その代わり、一つだけお願いがあります」

「え？」

「なにも訊かないで、今からぼくの言う通りにするって約束して下さい。必ず上手くいきますから。いいですか？」

　一か八かの賭け。だが、決して分は悪くない。

　当惑しきった面持ちで、森田さんは微かにうなずいた。


　約束の時間ちょうどにインターフォンを押したぼくを、佐倉氏は笑顔で迎え入れてくれた。せっかくのお休みにお邪魔してすいませんとぼくが詫びると、佐倉氏はとんでもないと首を振り、翔吾も楽しみにしてたんですよと言った。

　その翔吾くんはというと、リビングの隣の和室で合体ロボットのおもちゃを手にごっこ遊びの真っ最中で、ぼくの顔を見ようともしない。

「すみません。でも、本当に楽しみにしてたんですよ。僕が出張から戻ったあとも、あのおにいちゃんはもう来ないのかって、散々言ってたくらいで」

　困ったように、佐倉氏は眉尻を下げる。翔吾くんのロボット遊びは佳境に差しかかっているらしく、ひゅーん、ごーん、ががーん、大変だ、急いで合体だ、という呟きが聞こえていた。

「ほら翔吾、こっちに来てちゃんとご挨拶しなさい。おにいさんが遊びに来てくれたぞ」

佐倉氏に呼ばれ、翔吾くんはようやく、いかにも不承不承という感じでこちらに顔を向けた。佐倉氏の言葉を疑うわけではないが、とてもぼくの訪問を心待ちにしていたようには見えない。もう一度呼ばれると、やれやれしょうがないな、とでも言いたげな面持ちで立ち上がり、ロボットを持ったままリビングにやって来る。父親に背中を押されながら、翔吾くんは目玉だけをぎょろりと動かしてぼくを見上げ、への字の口を僅かに開いて、こんにちは、と小声で言った。

「じゃあ田嶋さん、僕これからちょっと買い物に行ってきますので、しばらく翔吾をお願いしてもいいですか。昼までには戻りますから」

「あ、はい。わかりました」

「よろしくお願いします。じゃあな翔吾、お父さんちょっと出かけてくるから、おにいさんの言うことを聞いていい子にしてるんだぞ。できるな?」

無言でうなずく翔吾くんの頭を撫で、佐倉氏は財布とスーパーのエコバッグを持って部屋を出ていった。席を外してくれたのだろう。お願いしたいことがあるので、できれば二人きりで話をさせてほしい。五歳児相手のそんな珍妙な申し出を快く聞き届けてくれた佐倉氏に、ぼくは改めて感謝した。

　ふと横を見ると、翔吾くんの姿がない。目で探すと、翔吾くんはまた和室に戻り、どごーんとかばごーんとかいう擬音を口にしながら熱心にロボットを動かしていた。

　その声を聞きながら、ぼくはまず翔吾くんのお母さんに挨拶をした。写真の中の笑顔を見つめ、手を合わせる。飾られている写真は、この前見たのとは別のものだった。どうやら、佐倉氏が時々入れ替えているらしい。

　和室に移動し、ロボット遊びに夢中になっている翔吾くんの隣に腰を下ろす。畳の上には、カラフルに塗り分けられたたくさんの積み木が散らばっていた。翔吾くんの手で操られたロボットが、勇ましくその積み木を蹴り飛ばしていく。

「あのさ」

　ロボットの活躍をしばらく見物してから、ぼくは口を開いた。

「お父さんから聞いてるかもしれないけどさ、今日はぼく、翔吾くんに頼みたいことがあって来たんだ」

　鮮やかな黄色に塗られた三角形の積み木を拾い上げ、ぼくはそれを掌で転がした。ロボットを動かしながら、翔吾くんがちらりとこちらを見る。

「こないださ、ごはんを食べさせてくれたおねえさん、いただろ。髪が長くて、赤いエプロンの。あのおねえさんな、今、お腹に赤ちゃんがいるんだ」

積み木をいじりながら、ぼくは言った。ふと、ロボットの動きが止まった。

「産まれてくるのは、まだまだ先だけどな。赤ちゃんが産まれたら、おねえさんはお母さんになるんだ。すごいよな」

ぼくは翔吾くんの顔を見た。目を丸くして、翔吾くんはじっとこちらを見つめている。

「お母さんになるっていうのはさ、すごく大変なことなんだ。おねえさんは、お店の仕事もしなきゃならないだろ。毎日たくさんごはんを作る仕事だ。おねえさんのごはん、美味しかったろ」

唇を真っ直ぐに引き結び、翔吾くんが大きくうなずく。

「ああいう美味しいごはんを、いつも一生懸命作ってくれてる。でも赤ちゃんが産まれたら、今度は赤ちゃんのごはんだとかおしめだとかの心配もしなきゃならないだろ？　だから、すごく大変なんだよ。いっぱいエネルギーがいる。エネルギーってわかるか？」

尋ねると、翔吾くんは無言のまま、両手で持った合体ロボットをぼくの方に示した。ちょっと不意を突かれてから、ぼくは笑った。確かに、テレビに出てくる巨大ロボットはみんな、未知の偉大なエネルギーを武器に、日々悪と戦っている。

「そうだな。ロボットも人間も、エネルギーがないと動けない。ごはんを作る仕事っていうのはさ、そのエネルギーを作る仕事だと思うんだよ。ぼくは今まで、おねえさんの作ってくれたごはんをたくさん食べて、たくさんエネルギーをもらってきたからさ」

あのコロッケ。ぼくがあのコロッケとちはるさんに出会ったのは、五年前のことだ。大学に入学したばかりで、一人暮らしにもまだ慣れていなくて、いわゆるキャンパスライフという奴に上手く馴染めない自分を発見した頃。あまり認めたくはないが、あの頃のぼくの居場所といえば、森田さんと原嶋さんに無理やり連れ込まれたあの自堕落なサークルの部室くらいのものだった。おんぼろアパートの六畳間でさえ、まだよそよそしいものにしか感じられなかった。

「お腹がいっぱいになるだけじゃないんだ。頑張ろうって思えるエネルギーはさ、多分、心がいっぱいにならないと湧いてこないんだよ」

翔吾くんは身動きもせずに、じっとぼくを見つめている。まるで、ぼくが口にする言葉のすべてを、一つも余さずに飲み込もうとしているみたいに。

「ぼくは、おねえさんにお礼がしたいんだ。今までぼくがもらったエネルギーを、今度はおねえさんにもらってほしいと思ってる。おねえさんはこれからお母さんになって、赤ちゃんのためにたくさん頑張らないといけないから、そのためのエネルギーをプレゼントできたらいいんじゃないかって」

ぼくは、翔吾くんの目を真っ直ぐに見た。

「翔吾くんにも、力を貸してほしいんだ。一緒におねえさんを応援しないか。おねえさんがずっと元気でいられるように。元気な赤ちゃんが、産まれてくるように」

君が神様に願ったように。心の中で、ぼくはそう付け足した。

真剣な金太郎面で、翔吾くんはしっかりと一つうなずいた。


作戦決行の金曜日は、すぐにやって来た。ぼくはまたしても苦手な早起きをして、出勤していく佐倉氏から翔吾くんを預かった。翔吾くんは、例の合体ロボットを大事そうに両腕で抱えていた。

児童公園やぼくのマンションで時間を潰し、午後になってから商店街に向かった。翔吾くんと最後の打ち合わせをしながら、自転車を押して坂を下る。午後二時の商店街は、ひっそりと静かだった。途中で二軒の店に立ち寄り、事前に手配しておいた品を購入してから、ぼくらは織原惣菜店の前で足を止めた。こんにちはと声をかけると、奥で休憩をしていたらしいちはるさんが顔を出し、いらっしゃい、と微笑んだ。

「コロッケかしら。ごめんね、今あんまり残ってないのよ。お昼に売れちゃって」

「あ、いえ。今日はちょっと、別の用事で」

隣を見やり、ほら、と背中を押す。翔吾くんは緊張した面持ちで一歩前に出て、ロボットを抱えたままぺこりと頭を下げた。

「翔吾くんから、ちはるさんに渡したいものがあるんです。ちょっといいですか」

「わたしに？　なあに？」

不思議そうに首をかしげながら、ちはるさんは店の外に出てくる。ぼくはさっき買ってきたばかりの品を自転車のかごから取り出し、ロボットと交換して翔吾くんに持たせた。翔吾くんはそれを両手で抱え、ぐいと腕を伸ばしてちはるさんに差し出す。

「わあ、すごいお花！　どうしたの？　これ、わたしに？」

真っ白なリボンが結ばれた、色鮮やかな特大の花束。ちはるさんの歓声が聞こえたのか、おばさんが怪訝そうな面持ちで店先に顔を出す。

「ぼくと翔吾くんからのプレゼントです。ちはるさん、今日誕生日ですよね」

九月二十二日生まれの乙女座。

大きく目を見張り、ちはるさんはぽかんと口を開けた。

自転車の荷台に慎重にくくり付けてきた白い紙箱を、ぼくはガラスケースの上にそっと置いた。

「それから、これも」

赤いリボンをほどき、蓋を両手で持ち上げる。

真っ白なバースデーケーキが現れると、ちはるさんは言葉にならない声を上げてふわっと頬をほころばせた。きれいにデコレーションされた生クリームと、宝石みたいにつやつやと輝くたっぷりのいちご。真ん中に飾られたチョコレートの板には、「ちはるさん　おたんじょうびおめでとう」。これぞ日本が誇る正統派のバースデーショートケーキである。

「誕生日、おめでとうございます」

ちょっと照れ臭くなりながらそう言い、ぼくは翔吾くんに目配せをした。翔吾くんは生真面目な顔で、おめでとうございます、と大きな声で言った。

「ああびっくりした。こんなにびっくりしたのは久し振りよ」

花束を抱きかかえ、ちはるさんは肩を揺らして楽しそうに笑う。

「でも、すごくうれしい。ありがとう田嶋くん。翔吾くんも、ほんとにありがとう」

そう言うと、ちはるさんは屈み込んで翔吾くんの頭を撫でた。翔吾くんは振り返ってぼくを見上げ、どうだと言わんばかりの得意げな表情を見せる。やったな、という思いを込めて、ぼくは翔吾くんにうなずき返した。

「あんたたち、中入んな」

不意に、ガラスケースの向こうからおばさんが言った。両手をエプロンの腰に当て、おばさんはいつもの仏頂面にほんの少しだけ優しげな色を滲ませてこちらを見ていた。

「こんな大きなケーキ、あたしとちはるだけじゃ食べきれないよ。お茶淹れるから、中で一緒に食べてきな」

よかったね、ちはる。

ぶっきらぼうにそう言って、おばさんは小さく微笑んだ。

切り分けられたショートケーキとほうじ茶の湯呑みを前に、ぼくは花束と一緒に自転車のかごに載せてきた紙袋をちはるさんに手渡した。開けてもいいの、と訊かれて、少しどきどきしながらうなずく。ちはるさんは丁寧にシールを剝がし、紙袋の中を覗き込んで、わあ可愛い、と目を細めた。

水玉模様のシュシュ。白いレースのコサージュ。四葉のクローバーを象《かたど》ったシルバーのブローチ。掌サイズのテディベア。小鳥の模様のマグカップ。小さなバラの刺繡《ししゅう》が入ったポーチ。ビーズの付いたコンパクト型の手鏡。赤い缶に入ったクッキーとチョコレート。それに、翔吾くん秘蔵の品であるところの戦隊ヒーローのピンバッジ。

プレゼントのほとんどは、翔吾くんとぼく、そしてスペシャルアドバイザーとして迎えた紫ちゃんの三人で、繁華街の駅ビルまで出かけて買ってきたものだ。正直、紫ちゃんをメンツに加えたのは正解だったと思う。女子の心なんてこれっぽっちもわからない無粋なぼくと五歳の翔吾くんだけでは、とても用意できなかったようなラインナップだ。

一つ一つを紙袋から取り出してうれしそうに眺め、ちはるさんはそれをケーキの皿の隣に並べていった。すごいわ、宝箱みたいね。そう言ったちはるさんの目は、きれいな半月の形になってきらきらと輝いていた。

そして、ちはるさんの手が、とうとう最後のプレゼントを取り出す。

やっぱり、人並みなんてもんじゃない。あいつの裁縫の腕はプロ級だ。

「これ……お守り？」

小さく平たい布袋を手に、ちはるさんが首をかしげる。厚みのある丈夫な布地は、鬼ヶ岳が手芸用品店で仕入れてきたものだ。ベースは鮮やかな群青色《ぐんじょういろ》。そこに、青から白のグラデーションで水の飛沫《しぶき》のような細かい柄が描かれている。更に、金と銀のラメ。海、あるいは宇宙を連想させるような、華やかかつどこか品のある布地だ。袋の口の部分には藍色の紐が通され、表でちょうちょ結びにされている。ストラップのようにぶら下げることができるよう、同じ紐が輪にしてくっつけてあった。

そこいらの神社のお守りと比べても、まったく遜色《そんしょく》ない。

「ぼくと翔吾くんの、気持ちです」

隣の丸椅子に座った翔吾くんの肩に、ぼくはそっと手を載せた。翔吾くんは一度こちらを見上げ、それから真っ直ぐに正面のちはるさんを見つめる。

「ちはるさん、ぼく、楽しみにしてますから。赤ちゃんが、産まれてくるの」

ちはるさんの顔から笑みが消えた。驚いたように、おばさんがぼくの顔を見る。

「多分、子守りくらいはできると思いますし、手伝えることがあったら、なんでも言って下さい。ぼくでよければですけど、あの、抱っことか、してみたいなって思ってるんで」

ぼくは笑みを作ってちはるさんを見た。少しばかり努力が必要だったが、それでもちゃんと笑うことはできたと思う。

「いろいろ大変だと思いますけど、あんまり無理しないで、体、大事にして下さい。それで、元気な赤ちゃんを産んで下さい。ぼく、絶対一番にお祝いしますから」

緊張と不安を飲み込んで、ぼくはうなずいた。お祝いする。新しい命の誕生日も、今日と同じように、必ずめいっぱい祝福する。そう決めた。

こわばった表情で、ちはるさんは下を向いた。両手でお守りを握りしめ、じっと見つめている。斜めに分けられた前髪の下の眉が、迷うようにひそめられていた。

「田嶋くん、あのね、わたし……」

ちはるさんが、そう言いかけた時だった。

「赤ちゃん、男？」

突然、声がした。舌足らずな、しかし曇りのない声が。

驚いて、ぼくは隣を見た。翔吾くんが調理台に両手をかけ、その上に顎を載せるようにしてちはるさんを見上げていた。

花とケーキを渡して、プレゼントをあげて、おめでとうを言うこと。それから、赤ちゃんのことを応援すること。事前に打ち合わせていたのは、そこまでだった。

翔吾くんと目が合い、ちはるさんはぎこちなく首を横に振った。

「ううん、まだ……わからないの」

「おれ、遊べる？」

「え？」

「赤ちゃん、うまれてきたら、おれいっしょに遊べる？」

眉をきゅっと吊り上げ、勝気な金太郎のような顔で、翔吾くんはそう言った。言葉をなくしたように、ちはるさんは黙り込んだ。

翔吾くんは調理台から手を離し、膝の上に置いていた合体ロボットを両手で摑んで、高く掲げた。ちはるさんに、よく見せようとするように。

「このロボ、お父さんが買ってくれた。しゅっ、ちょうの時、おれちゃんとおるすばんしてたから、ごほうびだって。ほんとは、たんじょうびじゃないとロボは買ってもらえないけど、とくべつだって」

そう言って、翔吾くんはロボットを両腕で抱きかかえた。なにかを決意するように口をぐっとへの字にしてから、また真っ直ぐにちはるさんを見る。

「赤ちゃんがうまれたら、おれロボ貸してやる」

力強い口調で、翔吾くんが言った。ロボットを抱きしめて、ぐいっと背筋を伸ばす。

「おれの方が兄ちゃんだから。だから、赤ちゃんにロボ貸してやる」

兄ちゃん。

心臓が止まるような思いで、ぼくは翔吾くんの顔に見入った。ちはるさんが短く息を吸い込む音が、微かに聞こえた。

翔吾くんはもちろん、なにも知らない。死んでしまった赤ちゃんのことも。その子が、生きていたら自分と同じくらいの年になっていたであろうことも。

「いいの？」

ぽつりと、声がした。睫毛を震わせながら、ちはるさんは笑っていた。

「お父さんに買ってもらった、大事なロボットなんでしょう？　いいの？」

「いい。おれは、つみきもミニカーもあるから。ロボは赤ちゃんに貸してやる」

大きくうなずき、翔吾くんは膨らんだ鼻の穴から、ふん、と強く息を吐いた。

「おれ、赤ちゃんといっしょに遊ぶ。そしたら、お母さんずっと元気でいれる？」

「え……？」

「お母さんたいへんな時、おれが赤ちゃんといっしょに遊んでやる。ごはんもいっしょに食べる。おれ、兄ちゃんだから。だから、お母さん元気でいれる？」

ちらりと、翔吾くんはぼくの顔を見上げた。その目を見て、ようやく気が付いた。

翔吾くんは、ちはるさんのエネルギーになろうとしているのだ。お母さんになるちはるさんを支えるために、精一杯、自分にできることをしようと。

お母さんと赤ちゃんが、絶対に離れ離れになったりしないように。

ちはるさんの瞳から、大粒の涙がぽろりと零れ落ちた。一拍遅れて、くしゃりと顔が歪む。握りしめた手を顔に押し当て、ちはるさんは肩を震わせた。控えめな嗚咽《おえつ》としゃくり上げる声が、唇から切れ切れに漏れていた。突然泣き出したちはるさんを見て、さすがにびっくりしたのか、翔吾くんが戸惑うように少し身を硬くする。

涙と一緒に、なにかが溶け落ちていくのが見えたような気がした。ちはるさんの心をずっと覆っていた、硬い鎧《よろい》のようななにかが。

錯覚にすぎないかもしれない。けれど、錯覚を信じることも、時には必要なのではないかと思えた。ぼくにとっても、そしてきっと、ちはるさんにとっても。

「心配しなくたって、どうにかなるもんだよ」

不意に、おばさんが低い声で呟いた。

「あたしにだって、育てられたんだからさ。あんたにできないってことはないだろうよ。なんとでもなると思って、腹くくるしかないんだよ。最初っから、全部がわかってる人間なんていないんだからさ」

そう言って、おばさんは小さく笑った。

やがて、ちはるさんは涙を拭いながら顔を上げた。べたべたになった頬が、赤く染まっている。その頬に、くっきりときれいなえくぼが浮かんだ。

「ありがとう。わたしは、大丈夫」

にっこりと、ちはるさんは笑った。今まで見てきたものとは、どこかが少しだけ違う笑顔であるように、ぼくには思えた。

「赤ちゃん、きっと元気に産まれてくるわ。だから、産まれたら、会いに来てくれる?」

ちはるさんの言葉に、ロボットを抱きしめた翔吾くんが、こっくりとうなずく。

「田嶋くんも、ありがとう。これ、ずっと大事にするわ」

そう言って、ちはるさんは掌を広げた。群青色のお守りが、そこにあった。

「そうよね。いっぱい、お祝いしてあげなくちゃ。わたしのところに、産まれてきてくれるんだもの。ありがとうって、いっぱい言わなきゃならないわよね」

ちはるさんは、顔をくしゃくしゃにして微笑んだ。

世界一のお母さんの笑顔だと、ぼくは思った。


「無事に渡せたみたいだな」

翌日の午後、酒とコロッケとメンチカツを持って報告に訪れたぼくに、瀧子さんは笑みを浮かべてそう言った。

「はい、なんとか」

板の間に腰を下ろし、ぼくは奥の祭壇に目を向けた。朽ちた注連縄と、並んだ空っぽの器。壁に貼ってあった三枚のお札は、今はもうない。

「なら心配ない。あの札には、この神域の力が宿ってるからな。持ってるだけで守る力が働くし、自然とこの神域に引き寄せられる。そこいらにあるような大量生産品とはモノが違うさ。ご利益は桁違い、客寄せ効果もばっちりだ」

機嫌よく言って、瀧子さんはメンチカツを齧った。

瀧子さんの力と、ぼくの思いと、鬼ヶ岳の裁縫技術が三位一体となった、この世に三つしかない最強のお守り。

残り二つのお守りは、今ぼくの財布のファスナーにぶら下がっている。

「一応、勝てたんですかね、賭けには」

「なんだよ、一応って」

メンチカツを頬張り、瀧子さんは紙コップに酒を注ぐ。

「いえ、なんか……ぼくが勝ったっていうより、翔吾くんのおかげだったかなって」

昨日のことを思い出しながら、ぼくは言う。瀧子さんは黙って酒を啜った。

「ぼく一人じゃ、きっと駄目でした。翔吾くんがいたから……翔吾くんだったから、ちはるさんの心に届いたんだと思います。もちろん期待はしてましたし、だから瀧子さんに言われて、翔吾くんと二人で行ったんですけど」

「誕生日プレゼントってのは君のアイディアだろ。おかげで自然にことが運べたし、それが娘に君やあの子供の言葉を受け入れさせることにもつながった。それに、守り袋ってのも君が考えたことだ。私は札を渡せって言っただけだからな」

「それはそうですけど、でも、それだけですよ」

「なんだよ、えらくおとなしいんだな。この前はずいぶん威勢がよかったのによ」

コロッケに手を伸ばしながら、瀧子さんはからかうように笑う。

「確かに、君の言葉一つでものごとが動くほど世の中甘かないさ。けどな、君の言葉一つが欠けちまったばかりに動くもんが動かなくなることだってある。それに、結局は本人の心の力さ。君はそれを信じて駒を張っただけだ」

そう言って、瀧子さんはがぶりとコロッケを噛みちぎった。

「人はな、青年。自分の中に存在しないものを外から投げかけられたところで、なにも感じやしないんだよ。褒められようが貶《けな》されようが、諭されようが疑問を呈されようがな。人が人の言葉になにかを感じるのは、感じるべき要因がすでにそいつの中にあるからだ。種があるなら、やがて芽も吹く。たとえ、ささいなきっかけでもな」

もぐもぐとコロッケを咀嚼しながら、瀧子さんは言った。その言葉が、まるで温かな水のように、体の隅々にまでひたひたと満ちていくのをぼくは感じた。

「ちはるさん、本当はずっと、許したかったのかもしれませんね」

ありがとう、と言ってくれたちはるさんの笑顔を、ぼくは思い出す。

変わるのは、いつだって自分自身だ。ちはるさんも、そして多分ぼくも。

「全部がきれいに片付いたわけじゃないだろうさ。過去の事実も、背負ったものの重さも変わらない。やっぱり駄目だと思って、へこたれる時だってあるかもしれない。けど、それでいいんだよ。自分を許すってのは、なにも解放されるって意味じゃない」

酒を啜り、瀧子さんは穏やかに笑った。

「きっと、幸せになれますよね。ちはるさんも、赤ちゃんも」

呟いた言葉を、ぼくは嚙みしめる。確かめるように。

自己満足でもいい。幸せでいてほしいという思いに、嘘はない。

「幸せって奴を手に入れるために、一番必要な条件はなんだかわかるか、青年」

不意に、瀧子さんが言った。

「条件、ですか？」

「ああ」

「えっと……」

「ブー。はい時間切れ」

「は？」

「いやあ残念だったな。これで豪華ハワイ旅行はお預けだ」

「いつからクイズ大会になったんですか……」

ぐっと酒を飲み干し、瀧子さんは目を細める。

「正解はな、認めることだ」

笑みを含んだ声で、瀧子さんはそう言った。

「認識の問題なんだよ、結局。幸せに定義なんてない。ただ、自分がそうと認めちまえばそれで済むことなのさ。幸せだってことと、幸せだと思うことは、限りなくイコールなんだからな。要は、言い張ったもん勝ちってことだ」

どくどくと酒のおかわりを注ぎ、瀧子さんはその紙コップを眼前に掲げた。

幸せだと思えば、幸せになれる。

ぼくには思えるだろうか。どんな時でも、目の前にある幸せを見つけて、それを認めていくことが、できるだろうか。

「いちいち難しく考えなくたって、生きてりゃなにごともなるようになるさ」

歌うような口調で、瀧子さんが言った。

「所詮この世は流れのうち。足下の道をただがむしゃらに歩いてりゃあ、そのうち着くべきところに着く。それくらいの気楽さで、人生なんてちょうどいいのさ。深刻な顔して歩いたって、鼻歌交じりに歩いたって、地面の形が変わるわけじゃないんだからな」

肩をすくめて、瀧子さんは美味そうに酒を啜った。そんな彼女の姿に、少しだけ、胸がざわつくような思いがした。

今ここにいるこの人が、いなくなってしまうかもしれない。流れがやがて行き着くように、瀧子さんの命もまた、刻々と終わりに向かって進んでいる。それを知っていて尚、こんなふうに笑っているこの人は、一体今、なにを考えているのだろう。

「あの、そういえば、ありがとうございました」

足下に広がった深い亀裂から目を背け、ぼくは意識して明るく言った。紙コップを片手に、瀧子さんが怪訝そうに眉をひそめる。

「なんだよ、急に」

「いえ、だから、宝くじのことですよ。森田さんが買ったロト6」

火曜日の早朝、森田さんから電話があった。森田さんはひどく興奮していて、半泣きの上にほとんど呂律《ろれつ》が回っていなかった。寝起きの頭で話を理解するのに、ぼくはずいぶんと苦労したものだ。

「ちゃんと当たってましたよ。三等でしたけど、九十六万円。ぼくが当てた賞金もまだ残ってますし、おかげさまで、店を再開する目処《めど》も立ちそうです」

「あー……その話な」

ぼくの言葉に、瀧子さんはなぜか気まずげに目を逸らした。この人のことだから、どうだ恐れ入ったかとかなんとか、また偉そうに大笑いするものだと思っていたので、ぼくは少しばかり拍子抜けした。

「どうかしたんですか？　あ、一等じゃなかったことなら、別に気にしてないですけど。さすがに一億とか二億とか、当たっても怖いですし。まあ、一千万くらいなら、夢見なかったこともないですけど」

「いや、そういう意味じゃなくてさ」

紙コップを床に置き、瀧子さんはそっぽを向いたまま指先で頰を搔く。

「それな、私じゃない」

「は？」

「いやまあ、厳密に言えば私なんだけどさ……あのな、ぶっちゃけ、人間に直接金品を渡すってのは、組合の規約で禁止されてんだよ」

ぼそぼそと、言い訳めいた口調で瀧子さんは言う。

「金のからんだ問題ってのは、なにかと厄介だからさ。揉めごとも起こりやすいし。だから、全面的に禁止。宝くじとかに関しても、当選結果に介入はできないし」

「ちょ、ちょっと待って下さいよ。え？　じゃあ、どういうことです？　ぼくが当たったナンバーズとか、今回のロト6は……まさか、偶然とか言わないですよね？」

「いや、だから……君に関してはさ、まあちょっと特例っつーか」

「特例？」

「契約したろ、私と」

そう言って、瀧子さんは持ち上げた右手をひらひらと振った。それを見て、ぼくは思い出す。この人と交わした、あの握手。

「契約者っつーのは、やっぱそれなりに特別待遇なんだよ。だからってそう露骨な真似もできないんだけどさ、ちっとばかしツキを授けるくらいのことは、まあ可能なわけだ」

「ツキを、授ける？」

「当選結果を左右するわけじゃなく、あくまでも君の側の、望みを叶えられる確率を引き上げるってことだな。サイコロの目を出やすくするみたいなもんだ。短期限定のスペシャルだから、そう長く効果が続くもんでもないんだけど、あのアフロのロト6が当たったたっつーなら、まだかろうじてそのツキが残ってたってことだろ、多分」

瀧子さんの言葉を聞きながら、そういえば、とぼくは思う。そういえば、ロト6を買いに行った時、突然売り場に連れて行かれて狼狽《ろうばい》していた森田さんに代わって、六つの数字を選んだのはぼくだった。

「いやー、危なかったよなー。当選祈願だっつって、君があのアフロ連れてきた時、正直やべえなとか思ってさ。けどまあ、結果オーライだよな。よかったよかった」

「よくないですよ！」

目の前が、すうっと暗くなる。比喩や冗談ではなく、血の気が引いた。

「なんでそんな大事なこと黙ってるんですか！　これでもし駄目だったら、森田さん、今度こそ失踪ですよ、失踪！」

「なんだよー、だからよかったじゃんかよ、ちゃんと上手くいったんだから」

「かろうじてでしょ、かろうじて！」

「まああれだ、これで君のツキも元に戻ったろうから、欲かいてもう一発当てようとか考えるなよな。私は責任取らんぞ」

「考えませんよ、そんな恐ろしいこと。それよりどうするんですか。森田さん、今度お礼参りに来るみたいですよ。お酒とまんじゅう、奮発するって」

「おっ、マジでか。ラッキー」

「ラッキーじゃないですよ。ほんと、図太いっていうか図々しいっていうか」

「いいじゃんかよ。どうせ黙ってりゃばれやしないんだから」

「それは犯罪者の言い草ですよ」

風船に穴が開くように、全身から力が抜ける。瀧子さんはまた紙コップを持ち上げ、愉快そうにからからと笑った。その陽気な笑顔を見ているだけで、こっちまで自然と笑ってしまいそうになるのが悔しく、でも、不思議と悪くない気分だった。

ああそうかと、その時不意に思った。つまりこの気分が、いわゆる幸せという奴かと。

子供みたいにコロッケを頬張る瀧子さんの顔を見やり、ぼくは黙って苦笑した。

＊

パワースポットとして人気を博す三ツ葉山稲荷神社は、県内有数の紅葉《もみじ》の名所でもある。秋が深まる頃には燃えるように輝くその木々も、今はまだ青々として、初秋の風に揺られていた。日曜日の今日、朱塗りの鳥居と白い狐の像が点々と並ぶ石段にも、白い玉砂利《たまじゃり》の敷き詰められた境内にも、見渡す限り大勢の参拝客が溢れている。石段の下の駐車場には、観光バスが何台も連なっていた。

「左様ですか。それは、誠に良うございました」

本殿を囲む回廊の手摺にちょこんと腰かけたミツバちゃんが、ぼくの顔を見て微笑んだ。柔らかな風合いのひまわり色のワンピースと、ミントグリーンの丸首カーディガンが可愛らしい。隅々までぴかぴかに磨き上げられた板張りの回廊にたたずみ、ぼくはミツバちゃんに向かって頭を下げた。

「おかげさまで、なんとかやり直せそうです。すいませんでした、なんか、いろいろご心配をおかけして」

「とんでもない。わたしはなにも致しておりません。すべては、その森田殿と田嶋殿のお心があってこそのこと。心より、お慶《よろこ》びを申し上げます」

「はあ、ありがとうございます」

「それにしても……またずいぶんと、危ない橋を渡られたようで」

小さな唇を可愛らしく尖らせて、ミツバちゃんがふう、と吐息を漏らす。ぼくは朱塗りの手摺に腕を載せた。本殿の真裏に当たるここには、参拝客の賑やかな声も届かない。静かなものである。関係者以外立ち入り禁止の看板が出ていたが、人目に付かぬ場所の方がよろしいでしょうと言って、ミツバちゃんがここに案内してくれた。

「まったくですよ。そりゃ、宝くじが外れたからって、別にそれでなにか損するわけじゃないですけど、森田さんの事情が事情でしたし」

　紅葉の木に囲まれた裏庭を眺めつつ、ぼくは呟く。

「なんにも聞いてなかったから、ぼくはてっきり、瀧子さんにそういう力があるもんだと思い込んでて。大体、紛らわしいんですよ。富を司る神だなんて言うから」

「まあ、あの方はそもそも水神としての性格の方がお強いですし。大地を肥やすという意味での富に関することであれば、龍神にとってはまさしく得意分野なのですけれども」

　きれいに切り揃えられた黒髪をさらさらと風になびかせながら、ミツバちゃんが言う。

今はすっかり住宅地になってしまった町並みが、田んぼや畑ばかりで埋め尽くされていた時代の風景を、ぼくはぼんやりと思い描いてみた。

「だけど、それならそうと、初めからちゃんと言ってくれればいいじゃないですか。結果オーライだとか呑気《のんき》なこと言って、ほんと、信用してたこっちの身にもなってほしいですよ。ぼくの宝くじが当たった時なんか、これが神様の力だーとか、散々偉そうに言ってたくせに。ひどいと思いませんか？」

　喋っているうちにだんだん腹が立ってきて、ぼくは勢いよくミツバちゃんの顔を振り返った。目が合う。ミツバちゃんはなんだか驚いたような、どこか呆気に取られたような顔でこちらを見ていた。

「あの、どうかしました？」

さすがに言いすぎたかと思いながら尋ねると、ミツバちゃんは我に返ったようにぱちぱちと瞬きをし、それから少しだけ戸惑うように、小さな微笑みを浮かべた。

「いえ、なんと申しますか、その……仲がよろしいのだな、と」

「は？」

「先日お会いした折、龍神があんなにもお楽しそうだったわけが、少し、わかったような気が致します。些か、羨ましいです」

そう言いながら、ミツバちゃんは裏庭の方へ視線を向けた。玉砂利に覆われた庭先では、真っ白な子狐たちが全部で十匹ほど、じゃれ合ったり転げ回ったりして遊んでいる。この前の百郎丸も、あの中にいるのかもしれない。

「思えばわたしも、ずいぶん長き時をこの世で過ごして参ったものです」

ぽつりと、ミツバちゃんが言った。

「様々なものに触れ、様々な人々の姿をこの目で見て参りました。時と共に、世のあり方はずいぶんと移り変わったものですが、その中で生きる人々の日々の営みは、それほど変わるものではありません。幸なれば笑い、不幸なれば涙する。人の日々とは、すなわち人の心です。わたしは、それが愛おしい」

目を細め、ミツバちゃんは空を見上げた。それから、ゆっくりとこちらに顔を向ける。

「我らは人から生まれ、人と共に生きる者。ですが、どれほど愛おしく思おうと、どれほど近くに存在しようと、真実人と触れ合うことも、人と同じ日々を過ごすことも、我らには叶いません。人と我らとは、本来、決して交わることのないものなのです」

にっこりと、ミツバちゃんは笑った。普通の女の子のような、それでもどこかが普通とは違うような、近いのに遠い、そんな感じのする笑みだった。

「ですから、些か羨ましく思えるのですよ。田嶋殿のような方と巡り会われた龍神が。同じ場所で肩を並べ、同じものを見ておられる、お二人のお姿が」

静かに、ミツバちゃんはそう言った。夏の頃よりも高く見える青空が、稲荷神社の荘厳な屋根の向こうに覗いていた。吹き抜ける風はさらりと乾いていて、いつのまにかすっかり秋の匂いを孕《はら》んでいる。

瀧子さんの笑顔を、ぼくは思い出した。

きょん、と小さな声がした。いつのまに足下にやって来たのか、白い子狐が一匹、ふさふさとした尻尾を左右に振りながら、真ん丸い目でぼくらを見上げている。

「えっと、百郎丸？」

名前を呼んでみると、よくおわかりになりますね、とミツバちゃんが言った。あまり自信はなかったのだが、正解だったらしい。

ジーンズの裾にかりかりと爪を立てる百郎丸を、ぼくは両手で抱き上げた。百郎丸はくすぐったそうにもぞもぞと動き回り、ぼくの肩を伝って器用に頭の上によじ登る。重さは大して感じなかったが、ふっくらとした温かさには、確かな命の気配があった。

「ミツバちゃんって、呼んでもいいかな」

少しためらいながら、ぼくは言った。びっくりしたように、ミツバちゃんが目を丸くする。右手を持ち上げ、ぼくは頭の上の百郎丸をそっと撫でた。百郎丸は満足げに喉を鳴らし、肉球でぼくの頭を踏ん付けながら、その場でくるりと丸くなった。

「その、瀧子さんが、そう呼んでたなって思って。いいかな、呼んでも」

小さく、ぼくは笑いかける。しばらく黙ってぼくの顔を見つめてから、ミツバちゃんはふんわりと頰をほころばせて、はい、と柔らかくうなずいた。

「瀧子さんのこと、どうにか頑張ってみるよ」

鮮やかな朱塗りの手摺を握りしめ、ぼくは呟く。

「短い付き合いだけど、それでも、いなくなってほしくないって、思うから」

自分になにができるのか、そんなことはまだわからない。確かなことは、今ぼくがあの人を失いたくないと思っているということだ。契約したからでも、借りがあるからでもなく、多分、それがぼくの願いだから。

「やはり田嶋殿は、龍神がお選びになったお方です」

ミツバちゃんが微笑む。少しばかり照れ臭くなって、ぼくは目を伏せた。

「では一つ、わたしからもお約束申し上げます」

「え？」

「件《くだん》の森田殿のお店、駅前の酒場だと仰せでしたね。確か名前は、か、か……」

「カレイドスコープ、だけど」

「そうそう、それです。そのカレ……カレなんとやらの営業につきましては、今後このわたしが、責任を持ってお守りさせていただきます」

驚いて、ぼくは手摺に預けていた手を離した。バランスを崩したのか、頭の上の百郎丸が、爪を立ててぼくの髪を引っ張る。

「え、でも、いいのかな、お願いしても」

「無論です。商売の守護こそが、わたしの本領ですから」

先日いただいたコロッケとメンチカツの御礼も、まだ済んでおりませんし。

誇らしげに胸を張り、ミツバちゃんはまたにっこりと笑った。

可愛らしくも最強の助っ人に、ぼくはよろしくお願いしますと頭を下げた。

名残惜しげにくんくんと鼻を鳴らす百郎丸の頭を撫で、ミツバちゃんに手を振って、ぼくは三ツ葉山稲荷神社の本殿を出た。広々とした石段を下り、駐車場の隅に停めた自転車のスタンドを上げる。自転車を押し、二車線の坂道を挟む歩道に出ようとしたところで、ぼくはふと足を止めた。

坂道の下の方から、小柄な女の子がリズミカルな足取りで歩道を駆け上がってくる。Tシャツにジャージ、足下はスニーカー。ベリーショートの髪に、ちらちらと木漏れ日が当たっていた。

「あれ？　なにしてんの、こんなとこで」

短く息を切らしながら立ち止まり、額に浮いた汗を拭って、紫ちゃんはぼくが出てきた駐車場の方を見やった。その目が微かに半眼になり、そこに呆れたような色が浮く。

「ふーん。田嶋くんも興味あるんだ、こういうの。なんか意外」

「え、なにが？」

「パワースポット。いつ来ても混んでるよね、ここ。ブームだからしょうがないけどさ」

肩をすくめ、紫ちゃんははあ、と息をつく。

「嫌いなの？　その、パワースポットとか」

「別に。ていうか、なんか図々しい感じしない？」

「図々しい？」

ぼくは首をかしげたが、紫ちゃんはそれ以上なにも言わず、足下に目を落として膝を軽く屈伸させた。

「また自主トレ？　もしかして、大会とかあるの？」

「まあね。来月、新人戦だし」

「応援、行こうか？　なんなら、鬼ヶ岳も引っ張ってくけど」

そう言うと、紫ちゃんはちらりとぼくの顔を見てくすっと笑う。

「ありがと。でも、どうだろ。あんまり、見てほしくないかも。きっと、いい記録なんか出せないと思うし」

「え？」

「今さ、正直、それどころじゃないっていうか。他になにしていいかわかんないから、走ってるだけで」

いら立つような、それでいてどこか不安げな目をして、紫ちゃんはそう呟いた。

「そっか、よかった。ちはるさん、喜んでくれたんだ」

歩道の脇に延びる低いコンクリート塀に腰かけ、紫ちゃんは微笑んだ。駐車場の自販機で買ってきたスポーツドリンクを手渡し、ぼくはその隣に腰を下ろす。

「でも、わたしも一緒にケーキ食べたかったなあ。そうだ、今度さ、田嶋くん奢ってよ。雑誌に載ってたお店でさ、前から行ってみたかったとこがあるんだよね」

ぼくは黙っていた。わざとのようにはしゃいだ声を上げていた紫ちゃんも、そのうちに口をつぐんだ。駐車場から出てきた乗用車が一台、音を立てて坂道を下っていった。

ごめんね、と、紫ちゃんがぽつりと言った。隣を見やると、紫ちゃんは困ったように、唇に薄い笑みを貼り付けていた。

「おばあちゃん、急にアパート売るなんて言い出して。大変だったでしょ、いろいろ」

スポーツドリンクを一口飲み、紫ちゃんは軽い吐息を漏らす。

「なんでこんなことになったんだろ。まあ、考えたってしょうがないんだけど」

「こんなことって……」

「先月ね、お父さんが勝手に定期預金解約しちゃったの」

無理やり放り出すように、紫ちゃんは早口に言った。

「三百万。友達に貸したんだって」

「さ……三百万？」

「うちにも何回か来たことある人でね、お父さんの同級生で、会社も同じだったんだけど、何年か前に独立して、自分の会社作ったんだよね。でもその会社が、結局あんまり上手くいかなかったみたいで、それで、お金貸してほしいって頼まれたんだって」

ぎゅっと眉を寄せ、紫ちゃんはまたペットボトルに口を付ける。

「だけど、お金貸してすぐに、その人と連絡取れなくなっちゃったらしくて」

「え？」

「会社自体、もうなくなってたみたいなんだよね。うちにさ、督促が来たの。それがきっかけで、お母さんにも全部ばれちゃったんだけど」

「督促って、なんの？」

「借金」

うつむき、紫ちゃんはアスファルトを睨み付ける。

「お父さん、保証人になってたの。お母さんにもおばあちゃんにも、なんにも話してなかったみたい。名前だけ貸してほしいって言われて、友達だし、断れなかったって。ありえないよね。だって千五百万だよ。利子も入れたら、二千万近く。初めて聞いた時さ、ドラマみたいとか思っちゃったもん」

ドラマと現実は別物のはずなのにね。

唇を歪め、紫ちゃんは引き攣《つ》るように笑った。

「そりゃ、お母さんも怒るよね。督促状が届いた日、大喧嘩だったもん。三百万の預金だって、お母さんが一生懸命積み立てて、いつかわたしが大学に行く時とかに使おうって、大事に取ってたお金だったんだよ。しかも借金まで押し付けられてさ、人が好《い》いっていうか、バカなんじゃないかって、わたしだって思ったよ。お母さんは泣いちゃうし、なのにお父さんが、向こうにもいろいろ事情があるんだとか、その友達のこと庇《かば》うみたいなこと言うから、益々こじれてさ」

「じゃあもしかして、アパートを売るって話」

ぼくが言うと、紫ちゃんはこくりとうなずく。

「おばあちゃんもね、最初はもちろん怒ってたし、なんてことするんだって、お父さんのこと責めたりもしてたけど……でも、やっぱり息子だし、結局はお父さんの味方っていうか、まあ、見てられなくなったのかも。とにかく、借金だけはどうにかしないとしょうがないからさ、そのお金は自分が払うから、それでもう終わりにしようって」

「そっか……」

「だけど、おばあちゃんがそう言ったら、お母さん、もっと怒っちゃって」

「え、なんで？」

思わず、ぼくは紫ちゃんの顔を覗き込んだ。視線を尖らせて、紫ちゃんがすばやくこちらを向く。

「だって、お金だけの問題じゃないじゃん。みんなに黙って、そんなすごい借金作っちゃってさ。そりゃ友達も大事かもしれないけど、じゃあ家族はどうでもいいわけ？」

まくし立てるようなその語調の激しさに、ぼくは言葉を失って口ごもった。気まずげな面持ちになって、紫ちゃんはまた顔を背ける。

「こんなこと言ってもしょうがないって、頭ではわかってるんだよ。だけど、だからって簡単に元通りになんてできないじゃん。いくら借金がなくなってもさ、それで全部忘れられるわけじゃないもん。なにもなかったことになんて、ならないし」

自分の膝を見つめ、紫ちゃんはきつく唇を噛んだ。

ごく普通の、仲がいい家族。ぼくはそう思っていた。それくらいの印象しか、ずっと持っていなかった。

「元になんか、もう戻らないのかも」

囁《ささや》くように、紫ちゃんがぽつりと言った。雛人形のような目にじんわりと涙が浮く。右手を持ち上げ、紫ちゃんはそれを手の甲で拭った。

「うちの中の空気がさ、最初のうちはすごいぴりぴりしてて、それはそれで嫌だったけど、今はもう、完璧に壊れちゃったって感じなんだよね。お父さんもお母さんも、喧嘩らしい喧嘩はしなくなったけど、その代わり口も利かない。朝起きてもさ、おはようとか、誰も言わないいんだよ」

何度も瞬きをしながら、紫ちゃんははあ、と震える吐息を漏らす。込み上げてくる涙を、どうにかして押し止《とど》めようとしているみたいに。

「離婚とか、そういう話も出てるみたい。よく知らないけど。わたしの前では、二人ともそんなこと言わないし。わたしももう、ずっとまともに話なんかしてないしさ」

「そっか……」

かろうじて、ぼくはうなずいた。毒にも薬にもならない相槌を打つくらいしかできない自分が、ひどく歯痒かった。

「こういう時、鬼ケ岳さんならどうするかなって、よく考えるんだ、最近」

不意に、紫ちゃんが言った。

「動揺したり、しないいんじゃないかなって。家庭教師してもらってた頃にね、言ってたの。執着するから、人は苦しむんだって。お金とか、立場とか、人間関係とか。だからお釈迦《しゃか》様は、その苦しみから解放されるために、財産も身分も、自分の奥さんも子供も捨てて、出家したんだって。それって結局、その方が楽に生きられるからだって、鬼ヶ岳さん言ってた。苦しい思いをしたくないから、人は修行するんだって」

「あいつが、そんなこと？」

少々呆気に取られて、ぼくは紫ちゃんの顔を見つめた。少なくとも、ぼくは今まで鬼ヶ岳の口からそんなことを聞いたことはなかった。そもそも、なんだってあいつがわざわざ頭を丸めて、修行の日々に明け暮れているのかも、よく知らない。

「そういうふうになれたら、いいよね」

遠い目をして、紫ちゃんは道路の向こうを見やった。

鬼ヶ岳に対する紫ちゃんの憧れは、もしかすると、ぼくが考えていたのとは少し違ったものなのかもしれないと、ふと思った。

「だけど、全然駄目だな、わたしは。みんなと顔合わせたくなくて、こうやって逃げてるだけだもん。走ってる時だけは、なんにも考えなくていいからさ」

苦々しげに、紫ちゃんは笑う。大人びた横顔が、いっそ痛々しいほどだった。

「こんなことしてても、どうにもならないのはわかってるんだけどね」

スニーカーを履いた足をじっと見下ろし、紫ちゃんはぽつりと言った。

穏やかに揺れる木漏れ日が、ちらちらと降り注ぐ。アスファルトに落ちる光のかけらを見るともなしに眺め、ぼくは黙って目を細めた。


「で、なんでうちに来るわけ」

四畳半の真ん中で座禅を組んでいた鬼ヶ岳が、面倒臭げに薄目を開けて鼻息を漏らした。傾き始めた陽射しが、色褪せた畳を照らしている。

「別に、なんでってこともないけどさ」

壁にもたれ、ぼくは立てた両膝を体に引き寄せた。古い壁紙は色褪せて染みが浮き、ところどころが剝がれてめくれ上がっている。

変な話しちゃってごめんね、と紫ちゃんは言った。気にしないで、と。

家族が抱えた問題について、彼女はずっと、誰にも打ち明けることができずにいたようだった。確かに、学校の友達に相談できる類の話ではないのだろう。聞いてくれてありがとう、と言って健気《けなげ》な微笑みを見せた紫ちゃんの顔が、腹の底に苦くこびり付いた。

真っ直ぐ帰る気にはなれなかった。瀧子さんのところへ行こうかとも思ったのだが、気が付くと、足はこの四畳半に向いていた。

「別に、お前が悩む必要ないと思うけど」

ぼそりと、声がした。ゆるゆると、ぼくは声の方へ視線を向ける。

「そんな話、聞いてもどうにもできないし。結局、当事者がなんとかするしかない」

無表情に言い、鬼ヶ岳は僅かに姿勢を崩す。座禅は完全に諦めたらしい。

「それは、そうかもしれないけどさ……でも、聞くだけ聞いてああそうですかって、それで終わりにはできないだろ。気持ちの問題として」

気持ちの問題。口に出した途端、その言葉が棘《とげ》のように喉に引っかかった。お金だけの問題じゃない。そう言った紫ちゃんの顔が脳裏を掠めた。

「関係ないんだから、ほっとけば」

抑揚のない声が、また聞こえた。

「あの子の事情は、あの子一人の事情だし。気持ち云々は、お前一人の問題だし。そこの線引きは、ちゃんとしとくべきだと思うけど」

「関係ないって……ちょっと待てよ。そういう言い方はないだろ」

鬼ヶ岳の顔を睨み、ぼくは壁に預けていた背中を起こした。感情の読み取れないぬうぼうとした顔で、鬼ヶ岳はこちらを見返してくる。

「そりゃぼくは部外者だし、口出す権利なんかないよ。でもな、そんな部外者くらいにしか事情を話せなかった紫ちゃんの身にもなってみろ。親身になってやりたいって思うことのなにが悪いんだよ。悟りの境地だかなんだか知らないけどな、お前のそれはただ冷たいだけだ。困ってる人を助けてやれって、仏様は教えてくれなかったのか？」

ほとんど怒鳴り付けるように言って、ぼくは鬼ヶ岳の顔から目を背けた。二階で誰かの足音がして、四畳半の天井が軋んだ。紫ちゃんは、お前みたいになりたいって言ってたんだぞ。その言葉が喉元まで込み上げてきたが、結局口から出ることはなかった。

「別に、悟りとかそういう意味じゃないけど」

しばらくの沈黙のあと、ぽつりと、鬼ヶ岳が呟いた。

「ただおれは基本的に、他人には期待しないことにしてるから。こうしてほしいとか、こうあってもらいたいとか、そういうことは考えないようにしてる。その代わりおれも、他人の期待に応えるつもりはない。人にどう思われても、別に気にしないし。だから、関係ない。周りにどういう事情があっても、おれはおれのしたいようにするし、それについての評価は乞わない。興味もない。評価するのは所詮他人で、自分じゃないし」

じっと畳の目を見つめ、鬼ヶ岳は鼻の頭を掻く。

「諸行は無常。万物は流転する。それは、人の心も同じ。いつか必ずなくなるものに欲や執着を持てば、結局自分が疲れる。少なくとも、おれはそう教えられたと思ってるけど」

淡々と、鬼ヶ岳はそう言った。こいつがこんなに長く喋るのを聞いたのは、これが初めてのような気がした。

執着するから苦しむ。紫ちゃんが言っていたことを、ぼくは思い出した。確かにそうなのかもしれない。いろんな人の事情に首を突っ込んで、考えて悩んで、いちいち一喜一憂するなんて、少なくとも、利口なやり方じゃない。

「期待しない、か」

壁に頭を押し付け、ぼくは天井を見上げた。

人も物も、苦痛も幸福も、いつかは必ず消えてなくなる。しがみついてもこだわっても、その流れを変えることはできない。そんなことは多分わかっているはずなのに、どうして諦められないのだろう。失いたくないと願ってしまうのは、なぜなのだろう。

「だからまあ、お前もお前のしたいようにすれば」

「は？」

慌てて、ぼくは鬼ヶ岳の顔に目を向けた。小さく鼻息を漏らし、鬼ヶ岳は表情も変えずに窓の外を見やった。

「お前にも、おれは別になにも期待してないし。お前がどうしようと、お前の自由だし」

「ついさっきほっとけって言ったのは誰だよ」

「それは単に、おれの意見。従えとは言ってない」

「関係ないくせに、意見は言うのか」

「関係はないけど、関わりはあるし、一応」

「あのな、もうちょっと素直にものが言えないのか？　屁理屈ばっかりこねやがって」

ぼくは軽く吹き出した。要するに、こいつにはこいつなりのやり方があるということなのだろう。期待はしていないかもしれないけれど、切り捨てているわけでもない。関係ないと線は引いていても、背を向けているわけじゃない。

その晩、ぼくは鬼ヶ岳の部屋に泊まり、奴の作った煮豆を食べた。どう考えても味が薄すぎると思ったが、ぼくの文句にも鬼ヶ岳は聞く耳を持たなかった。


携帯が鳴ったのは、九月三十日土曜日の深夜、いや、すでに日付が変わって、十月一日日曜日になってからのことだった。

電話の声は聞き取りづらく、理解するのに苦労した。すぐに行くと言って、ぼくは電話を切った。寝間着のジャージからジーンズとパーカーに着替え、靴を履くのもそこそこに部屋を出た。深夜の住宅地はひっそりと静まり返っていて、顔に当たる空気が冷たかった。マンションのエントランスから飛び出し、ぼくは無心に自転車を漕いだ。

三階建ての二世帯住宅。インターフォンを押すと、すぐにドアが開いた。チェック柄のパジャマを着た紫ちゃんが、泣きそうな面持ちでたたずんでいた。

「どうしよう、田嶋くん」

ぼくの顔を見るなり、紫ちゃんは震える声でそう言った。きれいに日に焼けた顔が、今は真っ青になっていた。

「どういうこと？　連絡とか、なにかあった？」

「わかんない。電話もかかってこないし……どうしよう、やっぱり、おばあちゃん」

「落ち着こう、とにかく。そんな恰好じゃ風邪引くし。お父さんとお母さんがついていってるなら、大丈夫だよ。とりあえず待った方がいい」

ぼくが言うと、少しだけ冷静さを取り戻したのか、紫ちゃんはこくりとうなずいた。一応断ってから、ぼくは中に入ってドアを閉めた。

二階のリビングと、その隣のキッチンには明かりが灯っていた。リビングに入った途端、紫ちゃんはぺたりとソファに腰を下ろした。肩が小さく震えている。なにか温かいものでも飲ませた方がいいだろうと思ったが、よそのキッチンでは勝手もわからない。冷蔵庫の中に牛乳があったので、戸棚からマグカップを出して注ぎ、電子レンジに入れた。

「また、喧嘩になったみたいなんだよね」

ぽつりと、紫ちゃんが言った。電子レンジの前に立ったまま、ぼくは顔を向ける。

「わたし、自分の部屋にいたから、なに話してたのかは知らないけど……だんだん声が大きくなって、そのうち、怒鳴ってるみたいになって。聞きたくなかったから、寝ちゃおうって思ったんだけど、しばらくして、なんか様子が変になって」

膝の上で、紫ちゃんは両手をぎゅっと握り合わせる。

「気になって、下りてきたの。そしたら、ソファのところに、おばあちゃんが倒れてて。話の途中で、急に倒れたんだって、お父さんが」

低い音を立てて、電子レンジが回転する。あと一分。

深くうつむき、紫ちゃんは黙り込んだ。ずいぶん長く感じられた一分間のあと、ぼくはマグカップを持ってリビングに移動した。テーブルの上にマグカップを置き、紫ちゃんの向かいのソファに腰を下ろす。

「牛乳、飲みなよ。あったかいから。カップ、勝手に使っちゃったけど」

「どうしよう」

途方に暮れたような声で、紫ちゃんが呟いた。湯気を立てているマグカップが、ひどく場違いなもののように感じられた。

「おばあちゃん、死んじゃったらどうしよう」

パジャマに包まれた華奢《きゃしゃ》な肩。それが、心細げに丸くなっているのを、ぼくは見た。大丈夫だと言おうとして、気休めにもならないと思い、やめた。

「わたし、なんでなんにもしなかったんだろ」

掠れた声が聞こえた。紫ちゃんは、ひどく虚《うつ》ろな目をしていた。

「このままじゃよくないって、わかってたのに、ずっと、黙って見てただけで、なんにもしなかった。本気でなんとかしなきゃって思ってたら、もっとちゃんと、お父さんやお母さんと話だってできたのに、わたし」

途切れ途切れに、紫ちゃんは言う。その言葉が、不意にぼくの胸のどこかをとんと押した。思い出したのは、何度も押したリダイヤルボタンの感触だった。

「そうだよな……そういうのって、根性いるもんな」

思わず、そう独りごちた。紫ちゃんが、微かに顔を持ち上げる。

「家族でも、そうじゃなくても、人の事情に自分から首突っ込むのってさ、やっぱり、かなりエネルギーいるんだよ。正直面倒だし、藪蛇《やぶへび》になるかもとか思うと、いまいち一歩踏み出せないっていうかさ。でも、だからってそこでスルーしちゃって、あとで後悔するようなことになると、それはそれで重いし」

自分の立ち位置とか、気持ちのあり方とか、そういうものがまとめて試される。翔吾くんの時も、ちはるさんの時も、森田さんの時も、そうだった。

「ぼくなんか、しょっちゅうぐるぐるしてばっかりだよ。でも、言われたんだ。自分のためでいいんだって。なんだかんだ言っても、自分の気持ちって裏切れないからさ。だから、自分が本当はどうしたいのかを、一番に考えればいいんだと思うよ。難しいけどさ」

胸を張って、真っ直ぐに。二人の神様が、ぼくにそう教えてくれた。

ぽかんとしたように、紫ちゃんは赤い目でぼくを見つめていた。やがて、こわばっていた頬を緩め、くすりと笑みを漏らす。

「田嶋くん、なんか、鬼ヶ岳さんみたい」

「え？」

「大人になったよね、田嶋くんも」

いたずらっぽい口調で、紫ちゃんが言う。まだだいぶ無理をしているように見えたが、それでも、それはぼくがよく知っている紫ちゃんの顔だった。

「まあ、褒められたんだと思っとくよ」

小さく笑い返すと、紫ちゃんはまた微笑み、それから、テーブルの上のマグカップに手を伸ばした。両手で包み込むように持ち上げたそれを、そっと唇に近付ける。

「田嶋くん、わたし、おばあちゃんのとこに行きたい」

ホットミルクを一口飲み、紫ちゃんは言った。

「どうすればいいのか、まだよくわからないけど……でも、今度はちゃんとしたい。このままおばあちゃんがいなくなっちゃったりしたら、嫌だから」

カップを握りしめた指先が、赤い。紫ちゃんが、真っ直ぐにぼくを見る。

「わたしも、根性出すよ。だから田嶋くん、一緒に行ってくれる？」

黙って、ぼくはうなずいた。紫ちゃんは小さな声で、ありがとう、と言った。

着替えを済ませた紫ちゃんと一緒にタクシーに乗り込み、市立中央病院に向かった。受付で尋ねると、手術中だと言われた。薄暗い病棟内を指示された通りに進むと、赤いランプの点いた手術室の扉が廊下の奥に見えた。

「紫！　なにしてるんだ！」

廊下の長椅子に座っていた眼鏡の男性が、驚いたように立ち上がった。その隣でうなだれていた細身の女性が、ぎこちなく顔を持ち上げる。

「連れてきてもらったの。一人で待ってるなんて、嫌だから」

こわばった声で、紫ちゃんが言った。眼鏡の奥で目を剝き、紫ちゃんのお父さんはぼくの顔をしげしげと眺める。

「あなた、確か、田嶋さんですか。これは一体どういう」

「すいません、あの、紫ちゃんから事情を聞きまして。その、勝手な真似をして申し訳ないとは思ったんですけど」

「そんなことどうでもいいよ。おばあちゃんは？　大丈夫なの？」

きつい口調で、紫ちゃんが尋ねる。娘の顔を見やり、お父さんは口をつぐんだ。細面の優しげな顔に、今は険しい表情が浮かんでいた。

「脳の、血管が切れてね。頭の中に、血がたまってしまってるそうだ。今は、その血を取り除く手術をしてる。命が助かっても、もしかしたら意識が戻らないか、なにか体に障害が残ってしまうかもしれない」

短く、紫ちゃんが息を吸い込む音がした。ぼくの祖母の時と同じだ。突然倒れて、祖母はそのまま戻ってこなかった。

　長椅子に腰を下ろしたお母さんが、凍り付いたような面持ちで下を向いていた。ひどくやつれたように見えるその横顔は、紙のように真っ白だった。

「かなり、長い手術になるかもしれない。心配なのはわかるが、紫は帰りなさい。朝になったら、一度お父さんが迎えに戻るから。田嶋さん、事情はよくわかりませんが、とりあえず紫をお願いしても構いませんか。もう遅いですし」

「嫌」

　きっぱりとした声で、紫ちゃんが言った。その顔に、もう涙はなかった。

「わたし、帰らないから。おばあちゃんが助かるまで、ずっとここにいる」

「紫、お前」

「こんな時に、わたしだけうちにいられるわけないでしょ。子供扱いしないで」

　お父さんの顔からぷいっと目を逸らし、紫ちゃんはすたすたと廊下を歩いて、お母さんの隣にどさりと腰を下ろした。なにか言いたげな目をしてお母さんがその横顔を見やったが、紫ちゃんは見向きもしない。

「あの」

　ためらいながら、ぼくは口を開いた。紫ちゃんのお父さんと、目が合った。

「ぼくからもお願いします。紫ちゃん、心細いんです。一人にしないであげて下さい。ご家族の事情に、ぼくなんかが口を挟むべきじゃないのはわかってますけど、紫ちゃんの気持ちも、どうか察してあげて下さい」

「紫の気持ち？　あなた、なにを」

「お願いします」

深く、ぼくは頭を下げた。お父さんは黙り込んだ。冴え冴《さ ざ》えとした空気が満ちた廊下に、重たい沈黙が漂った。

「間違ってたんだよ」

しばらくして、ぽつりと紫ちゃんが言った。静まり返った廊下に、その呟きはやけに大きく響いた。

「わたしたち、みんな、間違えてたの。お父さんもお母さんも、もうわかってるでしょ。もっと早く、ちゃんと考えなきゃいけなかったんだよ。これ以上ぐちゃぐちゃになったら、ほんとにもう、元に戻せなくなっちゃうよ」

「なにを言ってるんだ、お前」

「このままでいいの？」

訴えかけるような強い眼差しを浮かべ、紫ちゃんはお父さんとお母さんを、そしてぼくを、真っ直ぐに見つめた。

「意地張ってたって、なんにも変わらないんだよ。それでいいの？　おばあちゃんがこのまま帰ってこなかったりしたら、お父さんもお母さんも、後悔しない？」

その言葉に、お母さんの肩が小さくわななないた。お父さんが口元をこわばらせる。

「わたし、嫌だから。絶対このままになんかしないって、もう決めたから」

搾り出すように、紫ちゃんがそう言った時だった。

突然、手術室の扉が大きく開いた。緑色の手術着に身を包んだ看護師が、勢いよく飛び出して左の廊下に駆けていく。ぼくら四人は、揃って食い入るようにそれを見つめた。それから、またばたばたと数人の人の出入りがあり、手術室の扉は再び沈黙した。くっきりと光る赤いランプが、扉をふさぐ厳格な門番のように感じられた。

「おばあちゃん、大丈夫だよね」

さっきまでの激しさが嘘のような心許《こころもと》ない声で、紫ちゃんが言う。答えを見つけられないように、両親は黙り込んだままだった。

ジーンズのポケットに、ぼくは手を入れた。取り出した財布を、しっかりと握りしめる。長椅子の前で立ち止まり、ぼくは床に片膝を突いた。手術室の扉を見つめていた紫ちゃんがこちらを向く。

財布のファスナーから外したそれを、ぼくは紫ちゃんの手に握らせた。紫ちゃんが、問いかけるように小さく首をかしげる。

「紫ちゃんごめん、ぼく、これからどうしても行かなきゃならないところがあるんだ」

紫ちゃんの手の中の群青色のお守り。それを、ぼくは強く見つめた。

「代わりに、それを置いてく。そのお守り、絶対に手放さないで、ずっと持ってて」

「これ？　だって、なんで？」

「なんででも。いい？　絶対諦めちゃ駄目だよ。おばあちゃんは必ず助かる。後悔したくないなら、信じるんだ。紫ちゃんの気持ちは、きっと届くから」

ぼくは言った。戸惑うようにしながらも、紫ちゃんはそっとうなずき返してくれた。

立ち上がり、最後のお守りをぶら下げた財布をポケットにしまう。紫ちゃんの両親に深く頭を下げ、ぼくは薄暗い廊下を駆け出した。


急いで下さい、と言ったぼくに、タクシーの運転手は気遣わしげな口調で、どなたかご病気かなんかですか、と尋ねた。祖母です、と反射的に答えていた。

「そうですか。そりゃあ、ご心配でしょうなあ」

フロントガラスの向こうを見やったまま、初老の運転手は重たい口調でそう言った。

料金メーターと財布の中身を交互に睨み、ここでいいです、と言ったのは、ようやく三ツ葉山駅の一つ手前の駅までたどり着いた時だった。辺りはまだ暗い。運転席の隣のデジタル時計は、午前三時半を示していた。

ひとけのない大通り沿いを全力で走り、駅からの坂道を駆け上がった。頭ががんがんして、息苦しさに時折目眩がした。

あの狭い路地の入り口にたどり着き、やっと少し足を止めた。全身が汗だくで、真っ直ぐに立っていられないくらい両脚がだるかった。足の裏が熱い。顎から滴る汗を拭い、どうにか再び足を動かし始める。あと少し。急な下り坂をつんのめるようにして駆け下りながら、空の色が微かに変わり始めているのを感じた。

「今日はえらく早いんだな。それにしちゃ、また手ぶらみたいだが」

長い石段を上りきった時、声がした。狭い境内には、薄れ始めた藍色の闇が満ちていた。Tシャツの白が、視界に映った。呼吸をするので精一杯で、口を利くことはまだできなかった。

「こんな朝っぱらからご苦労なこった。その根性には敬意を表してやってもいいが、けどな、青年」

目を凝らすと、格子扉の前にたたずんでいる彼女の姿が見えた。その肌の白さが、Tシャツの白さと同じくらい、暗がりにくっきりと浮かび上がって見えた。

「悪いが、君のその願いは叶えてやれない」

切り捨てるような声が、薄暗い境内に響いた。どくりと、大きく心臓が波打った。

「なんで……」

かろうじて搾り出した声は、がらがらにしゃがれていた。

「どうしてですか。助けて下さいよ」

藍色の闇のせいで、瀧子さんの顔が見えない。白さだけが際立ったその顔は、まるでのっぺらぼうのマネキンのようだった。

「まだ、間に合うはずですよ。生き返らせろなんて、言ってるわけじゃない」

痛む喉を押し開き、ぼくは瀧子さんの白い顔を見つめた。すぐそこにいるはずの彼女を、どうしてこんなにも遠く感じるのか、よくわからなかった。

「このままおばあちゃんが戻ってこなかったら、紫ちゃんはどうすればいいんです。このままじゃ本当に、あの家族はばらばらになっちゃうんですよ。傷付け合って、後悔したままになる。本当に取り返しが付かないことになるんです。助けてあげて下さいよ、お願いですから。命と豊穣を司る、龍神なんでしょう?」

砂利を踏みしめ、ぼくはよろよろと前に出る。まるで逃げるように、瀧子さんが顔を背けるのが見えた。

「前に言っただろ。すべての願いを叶えられるわけじゃない。命だか豊穣だか知らんが、勝手に期待されても困るんだよ」

「なにを……なにを言ってるんですか!」

無性に腹が立って、ぼくは叫んだ。こんなのは嘘だ。なにかがおかしい。

「どうしちゃったんですか! どんな時だって可能性はゼロじゃないって、そう言ったのは瀧子さんでしょう！　なのに、今になってそんな……そんな言い方、瀧子さんらしくないですよ！」

「私らしくない？」

瞬間、彼女を取り巻く空気が、ぴりっと尖った。思わず、ぼくは近付こうとしていた足を止めた。

「驚いたな。私らしいってのがどんなか、君にわかるってのか。え？」

微かに笑みを含んだその声は、まるで刃物のようだった。これまで一度も感じたことのないような恐怖を覚え、ぼくは息を呑んだ。

「君がなんと言おうと、できないもんはできないんだ。気に入らないなら、もう私のことなんざほっとけよ。契約期間はまだ残ってるが、なんならそれも破棄してくれて構わないぜ。よかったな、つまらんバイトからようやく解放されて。こんな落ち目の神のことなんざ、きれいさっぱり忘れちまえるってことだ」

嘲《あざけ》るようにそう言って、瀧子さんはこちらに背を向けた。腹の底が絞め上げられるような、その冷たい声を聞きながら、ぼくの頭は、猛スピードで全然別のことを考えていた。

「まさか……もう、手遅れなんですか」

口に出した途端、ぞっとするほど心臓が冷えた。いつのまにかだいぶ淡くなった藍色の中に、瀧子さんの後ろ姿が頼りなく浮かんでいた。まるで、薄れていく夜と一緒に、瀧子さんの姿までが溶けてなくなろうとしているように見えた。

「できないって、もしかして……もう、そんな力は残ってないってことなんじゃないんですか」

ぴくりと、瀧子さんの肩が震えた。微かに、頭がこちらを振り返る。

なんの話だよ、と、瀧子さんが低く言う。その声にはもう、さっきのような険《けん》はなかった。嫌だ、と思った。こんな話はしたくない。だが、口が動くのを止められない。

「おかしいって、思ってたんですよね。なんで三人なのかって。本当にどうにかしようと思ってるんだったら、一人でも多く人を集めろって言うはずなんです。そうしなきゃ助からないんですから。形振《なりふ》りなんて構ってる場合じゃない」

ゆっくりと、瀧子さんがこちらを向く。見開かれた目が、信じられないものを見るように、じっとぼくを見つめた。

「なのに、変ですよね。客を集めろって、口うるさく言ったのは最初の頃だけで、本気で焦ってる様子なんか、全然なかった。変ですよ。変なのに、ぼくは全然、気付いてもいなくて、知ってたはずなのに、わかってなくて」

なんの屈託もなく、笑っていた。初めから、すべてを諦めていたかのように。

「瀧子さん、本当に……生き延びるつもりなんて、あったんですか」

吐き出した声が、どうしようもなく震えた。目を閉じた。瞼の奥が熱くて、けれど、今更涙も出なかった。

「ミツバちゃんか」

力の抜けた声で、瀧子さんがぽつりと言った。

「あの子はまったく……昔っからどうもお節介なんだよな。困ったもんだ」

小さく、瀧子さんは笑う。まるで、子供のいたずらに手を焼く母親のように。

「どうしても、駄目なんですか？」

砂利を蹴り、ぼくは賽銭箱の前に歩み出る。

「力が足りないなら、十人でも二十人でも、ぼくが連れてきます。まんじゅうだって酒だって、嫌ってくらいお供えしますよ。だから、お願いします。生きて……ちゃんと生き延びて、紫ちゃんの願い、叶えてあげて下さい。紫ちゃんの家族を、助けて下さい」

深く、深く。膝に額が付くほどに、ぼくは頭を下げた。こんなにも強くなにかを願ったことなんて、今まで一度もなかった。住むところも収入もなくし、路頭に迷いかけていた時だって、ここまで必死になんてならなかった。

「そうじゃない」

なにかを押し殺すように、瀧子さんが掠れた声で呟いた。崩れ落ちるように階段に腰を下ろし、長い髪を片手でぐしゃりと摑む。

「違うんだよ。私の命がどうとか、客の数がどうとか、これはそんな問題じゃない」

空っぽの中空《ちゅうくう》を、瀧子さんはきつく睨む。嚙みしめられた唇が、一際赤く染まった。

「私はな、青年。もう二度と、人間の命にだけは干渉しないって、決めてるんだよ」

静かな、しかし重たい声で、瀧子さんはそう言った。白い顔だった。血の気も、体温すら、感じられないほどに。

杉林のてっぺんが、生き物のようにざわめいた。藍色の闇が、霧のような光を含んで頼りなく揺らいでいた。夜が、もうじき終わろうとしている。

朝が来る。それが、今はなんだか怖かった。


「むかしむかし……ってほど昔じゃない。十五、六年前の話だ。ここへ、一人の男が参拝にやって来た。私にとっちゃ古い馴染みだったが、顔を見るのはしばらく振りだったな。会社を定年になって、久々に時間ができたんだろうくらいに思った。変わった男でな。昔から何度も参拝には来てたんだが、願いらしい願いってのを一つしか言わないんだよ。いつも同じ、一つきりだ。どこそこの学校へ合格しただの、勤め先が決まっただの、女房をもらうことになっただの、初めての子供が産まれただの、これこれこういうことがありましたと事細かに報告して、最後に必ず、一生懸命励みますからどうか見ていて下さいって言うのさ。仕事に失敗した時でも、女房と喧嘩した時でも、娘に手を上げちまった時でも同じだ。なにをどうしてほしいとは一言も言わずに、ただ、見ていて下さいってな」

足下に目を落とし、瀧子さんは微笑んだ。誰のことを話しているのかは、訊かなくても見当が付いた。

「見ててやったよ、ずっと。それがそいつの願いなんだからな。頑張れよ、しっかりやれよって、そう思いながらずっと見てきた。そいつが洟垂れのガキだった頃から、いっぺんも変わらずな」

そっと、ぼくは両手を握りしめた。御瀧様。その名前で瀧子さんを呼んでいた穏やかな声が、脳裏にくっきりと蘇った。

「だけど、その日は違った。すっかり年食った顔で、男は初めて私に、助けてくれと言った。どうか助けてくれ、力を貸してくれって頭を下げたんだ。見たことがないくらいやつれた顔しててな、女房が倒れたって言うんだ。ずっと前から体調がおかしかったらしいんだが、男は仕事に夢中で女房の変調に気付かず、女房もまた辛抱強い女で、体の具合がおかしいのを、長いこと亭主に隠してた。それである日、とうとうぶっ倒れて入院だ。医者は、末期の癌だと言った」

転移が進んで、手の施しようがないとさ。

まるでドラマの筋書きでも話すような平坦な口調で、瀧子さんはそう言った。

「余命は半年だと宣告された。男にとっちゃ、到底受け入れられる話じゃなかった。女房の命を延ばすために、できる治療はみんなやった。それでも治る見込みはない。頼れるものを全部なくして、最後に来たのがここだった。どうか女房を治してやってほしい、せめて少しでも長く生きられるようにしてやってほしいって、何度も何度も頭を下げて、いつまでも手を合わせてた。白髪頭の六十男が、洟垂れのガキみたいに泣いてさ」

ふうっと、瀧子さんは長い吐息を漏らした。鳥の声がした。白い靄《もや》が、林に囲まれた境内にうっすらと満ちていた。

「憔悴《しょうすい》した男が帰っていったあと、私はすぐにここを出て病院へ向かった。願いの対象が参拝者本人じゃない場合は、当事者に直接接触しなけりゃ仕事ができないからな。一刻を争う状況だったし、もちろん焦りもあったが……正直言うとさ、ちょっと、うれしかったんだよ」

くすっと、瀧子さんは鼻を鳴らす。

「ずっと、本当にずっと、見てることしかできなかったからさ。手を差し伸べてやりたくても、あの人はそうは願っちゃくれない。見ていてくれと願われれば、見てることしかできないんだ。だから……生きたいと望んでない奴を、生かしてやることだって、私にはできない」

瀧子さんの唇が、引き攣るように歪んだ。ぼくは、無言のまま目を見張る。

「女房はな、骨と皮だったよ。飯を食うどころか、起き上がることさえ自力じゃできなくて、体中、わけのわからんチューブで機械につながれてさ。土気色《つちけいろ》の顔で、髪だって抜けちまって、それでもかろうじて残った意識で、早く楽になりたいって、考えてるのはそれだけなんだ。治りたいとか生きたいとか、そんな望みはかけらもなかった」

身動きもできずに、ぼくは瀧子さんの顔を見つめていた。ただ見ているだけで、胸のどこかが何度も鋭く痛んだ。

「次の日になって、あの人が見舞いに来た」

低く、瀧子さんが呟いた。うなだれた顔には、苦渋の色だけが滲んでいた。

「カーテンを開けて、窓辺に花を飾って、痩せ細った女房の手を握ってさ、言うんだよ。気分はどうだ、今日は少し顔色がいいんじゃないか、大丈夫きっとよくなるさって、何度も何度も。女房は……苦しいって、言ったよ。たった一言だけ、掠れた声でさ」

それを聞いた時、決めたよ。

「本人が生きたいんだと願ってくれない限り、肉体を回復させることは私にはできない。それならせめて、今ある苦痛だけでも感じずに済むようにしてやろうと思った。その場しのぎの、単なる麻酔みたいなもんだけどな。それでも、痛みや苦しみから解放されて容体が落ち着けば、もしかしたら女房も、もう一度生きる望みを取り戻してくれるかもしれない。そうすれば、今度こそあの人の願いにも報える。そう思った」

瀧子さんは目を閉じた。青白く硬いその顔が、一瞬死に顔のように見えて、ぼくは息を止めた。

「時間は、大してかからなかったよ。女房は、ふっと目が覚めたような顔をしてな。亭主の顔を見て、こう言った」

あなた、なにかしら。なんだか急に、体が楽になった。

とっても気持ちがいいの。夢みたいよ。

ああ、これで。

これでやっと、ゆっくり眠れるわねえ。

「気持ちよさそうに目ェ閉じて、そのまま、二度と目覚めなかったよ」

その時、杉の木立の隙間から、一筋の光が境内に差し込んだ。格子扉のガラスに反射した光は鋭く拡散し、その眩しさにぼくは目を細めた。

「妙な話だよな。人が死ぬのなんざ、飽きるほど見てきたっていうのにさ」

光の中から、声がした。

「背負いきれないと思ったのは、あの時が初めてだった」

感情のすべてを腹の底に飲み込んだように、淡々と、瀧子さんはそう言った。

「葬式が済んでから、あの人、礼を言いに来たよ。おかげさまで、女房は苦しい思いをせずに逝くことができました、ありがとうございましたってな」

白い頬が震える。唇は、笑おうとしているように見えた。

「あれから、あの人さ。見ていてくれって、言わなくなった」

真新しい朝の光が、薄靄に包まれた境内を覆っていく。夜の闇を遠ざけるそれが、まるで逃げ場を奪っていくようで、なんだかひどく息苦しかった。

「なにも変わってない。相変わらずここへ通ってきて、にこにこ笑いながら、つまらない世間話して……全部、忘れたみたいにさ。けど、あの人はもう私になにも願わない。見ていてほしいとも、もう言わない」

顔の横に垂れ落ちる髪を掻き上げ、瀧子さんは眉をひそめる。

だから、もういいかと思ってさ。

「ここらが潮時って奴だろ。私がここから消えたところで、別に今更誰も困りゃしない。あの人も年だし、私ももう十分生きた。あの人の願いなんて、結局一つだって叶えられなかったけどさ、それでも、最後に会えたのがあの人だってのは、悪かないと思った。千年ばかし生きてきて、最後にあの人で終われるなら、それでもういいかってな」

もういい。目を細め、瀧子さんは微笑んだ。

幸せな頃があったことを覚えているから――思い出があるから、それだけでいい。

今はもうこの世にいない神様が、かつて同じことを言って笑ったように。

変えることなんて、できない。とっくにすべてを覚悟しているこの人の心は、ぼくなんかの力で変えられるようなものじゃない。

そう、思った時だった。

不意に、瀧子さんが顔を上げた。薄く唇を開いて、真っ直ぐに前方を見つめている。その顔を見て、まさかと思いながら、ぼくは瀧子さんの視線を追って後ろを振り返った。

「おや、これは……田嶋さん、だったですか。ずいぶん、お早いんですな」

驚いたような声。朝日に照らされた境内の入り口に、あの人がいた。

「おはようございます。本当に、またお会いできましたな」

オリーブ色のシャツに、グレーのスラックス。皺の刻まれた顔が、ぼくを見てにっこりと微笑んだ。丁寧に頭を下げる村瀬氏に、ぼくも慌てて会釈を返す。

「すっかり涼しくなりましたな。もう十月ですか。いやまったく、年を取ると月日が経つのが早いもので。ついこの前、正月が来たばかりだと思っていたんですがね」

「あの、どうかされたんですか、こんなに早くから」

尋ねると、鈴を鳴らそうとしていた村瀬氏が、少しびっくりしたような顔でぼくを見て、それから楽しげに声を上げて笑った。

「いやなに、年寄りは朝が早いもんですからね。どうせ暇なんですから、のんびり朝寝くらいしていたいんですが、どうも目が冴えてしまって。それに、なんですか……今日はなにやら、呼んでおられるような気がしましてね」

目を細め、村瀬氏は社に顔を向けた。その視線の先には、瀧子さんがいた。身じろぎもせず、瀧子さんは彼の顔を見つめていた。

「時々、こんなことがあります。特になにというわけじゃないんですが、ああ、お会いしておいた方がいいのかなあと思うようなことがね」

ぼくの方を向いて穏やかに微笑み、村瀬氏はがらがらと鈴を鳴らした。柏手を打ち、目を閉じて手を合わせる彼の顔を、ぼくは黙って見ていた。どこかで見たことがある顔だと思った。ずっと昔に、ぼくはこれとよく似た顔を、すぐそばで見たことがある。目を閉じて、皺だらけの手をそっと合わせている横顔。

それは、死んだ祖母の面影だった。

ばあちゃん、いっつもなにお願いしてんの？

神社の前だったか仏壇の前だったか忘れたが、いつだったか、ぼくは祖母にそう訊いた。祖母はぼくの顔を見て、おかしげに小さく微笑んだ。

お願いなんかしやしないよ。これはね——

「しかし、どうにもお気の毒ですなあ」

その声に、ぼくは我に返った。参拝を終えたらしい村瀬氏が、気遣わしげな面持ちで、格子扉の向こうに目を向けていた。

「え？」

「いえ、このお社ですがね。雨漏りだの隙間風だの、前から気にかかってはおったんですよ。修繕して差し上げようかなあと考えたこともあるんですが、しかし、私はどうも手先が不器用でね。本棚一つまともに組み立てられない。女房によく笑われたもんです」

白髪を撫でながら、村瀬氏は照れ臭そうに笑う。

「御瀧様の目の前で、そんな体たらくを晒すわけにはいきませんからな。しかし、これからまた寒い季節になるでしょう。お社はきっと冷えるでしょうから、少しでも居心地をよくして差し上げたいんですが」

これから。なんの疑いもなく、当たり前に口にされたその言葉に、胸が詰まった。

もう秋だ。すぐに冬が来るだろう。そして春になって、また夏が巡ってくる。

時間は経つし、季節は変わる。けれど、変わらないものもきっとある。

「本棚くらいなら、組み立てられますよ、ぼく」

村瀬氏がこちらを向いた。不思議そうに首をかしげる彼に、ぼくは笑いかける。

「よかったら、お手伝いしますよ。上手くできるかは、あんまり自信ないですけど」

「ほう、そりゃあいい」

いいことを聞いたというように、村瀬氏はくしゃくしゃと皺の中に目を埋める。

「若い人が一緒なら、私も心強いですよ。まあ、多少不恰好にはなってしまうかもしれないですが……お許し下さるでしょうかな、御瀧様は」

「平気ですよ。そんなことで怒るほど、神様は心が狭くないと思いますから」

ぼくの言葉に、村瀬氏は愉快そうに肩を揺すって笑った。

そろそろ帰るという村瀬氏に、ぼくはもうしばらくここにいるからと答えた。村瀬氏はにっこりと笑い、それじゃあまた、と言ってくれた。

足下の悪い石段を、村瀬氏は一歩一歩確かめるようにしながら、慎重な足取りで下っていった。朝の境内に漂う薄い靄が、光を浴びてきらきらと輝いていた。

「ぼく、思うんですけど」

光を弾く靄に目を細めながら、口を開く。

「願いごととか、あの人にはもう関係ないんじゃないですかね」

祖母の横顔を、ぼくはまた思い出す。お願いなんかしやしないよ。

これはね、ご挨拶だよ。今日もいいお日和ですね、お変わりありませんかって。あんただって、お父さんやお母さんやお友達に挨拶をするだろ？　それとおんなじ。神様だって仏様だって、みんなあたしらとおんなじところにいらして下さるんだからね。

「ただ、大切なんですよ。大切な人がここにいるから、だから会いに来てるだけなんだって、ぼくはそう思います」

振り返る。階段に腰を下ろしたまま、瀧子さんは目を伏せていた。

「あの人、楽しみだって言ってましたよ。ここへ来るのが、楽しみの一つなんだって」

特別なことなんてなにもない。つまらないことの繰り返しのようにさえ見えるかもしれない。それでも、それはあの人にとって、かけがえのない日々の暮らしの一部なのだ。

「もういいなんて言わないで、ちゃんと待っててあげて下さいよ。話を聞いて、一緒に笑ってあげて下さい。お願いされなくても、ずっと見ててあげればいいじゃないですか。ひぐらしの神って、そういうことでしょう」

あの人の毎日は、いつだって瀧子さんと共にある。今までも、そしてこれからも。

「もういいって、思ってたんだよ」

ふっと、瀧子さんが笑った。なにかが溶けるような、柔らかな笑みだった。

「あと少しだけ、ここで静かに最後の時間を過ごせればそれでよかった。私の千年も、これでようやく終わるんだって、そう思ってたよ。どうせもうすることもないしな、出雲に出かける日までのんびり昼寝でもしてりゃいいかって……そんなこと考えてた時さ、君が来たのは」

小さく肩を揺らし、瀧子さんは上を向いた。

「まさかと思ったな。なんだって今更うちに客なんか来るんだよ。一体どこのバカかと思った。そしたら、これがびっくりするくらい冴えない面した野郎でさ。失業するわアパートは追ン出されるわ貯金はないわ、ないない尽くしの三重苦かっつーの。もういっそ逆に面白いくらいだったよ」

「そこまで言いますか……」

「あんまり面白かったから、ちっとばかし気が変わっちまった」

ははっと、瀧子さんは軽く笑った。ぼくを見る目の中に、光があった。朝日の色にも似たそれは、よく見慣れた、しかしひどく懐かしく思える光だった。

「どうせこれで最後なんだし、いっそ、ぱあっと派手にやるのも悪くないかってな。私だって八百万の神の端くれなんだ。最後くらい、誰かの願いをちゃんと叶えてやったって悪かないだろ。まあ、仕事納めって奴かね。君一人ってんじゃけち臭いから、それ以外にあと三人と決めた。残った力で面倒が見られそうなのは、せいぜいそれくらいだったしな」

残った力。その言葉に、忘れていた感情が蘇り、胸の底がひやりとした。

「楽しかったよ。美味いもんもたらふく食えたし、思う存分酒も飲めたしな。人と関わるってのは、悪くないもんだと思ったよ。そんなことも、もう長いこと忘れてた」

目を細め、瀧子さんはうつむく。

「忘れてたんだよなあ……まさか、こんなに楽しいもんだったなんてさ。会いに来てくれる奴がいるってのは、いいもんだ。酒だのまんじゅうだの持って、君がここへ歩いてくる足音が聞こえてさ。それからあの子供が来て、アフロが来て、毎回違う鈴の音やら、柏手の音やらが聞こえて……こんなに賑やかなもんだったんだって、今更思い出したよ。人がいるってのは、こんなにいいもんだったんだってな」

古い思い出を語るように、瀧子さんは穏やかに言葉を紡ぐ。その目がすっと持ち上がり、ふとぼくの顔を捉えた。

「参ったよ、まったく。計算違いだよな。こんなことになるなんて、思いもしなかった」

見たことのないような、温かな眼差しだった。その目で見つめられているだけで、わけもなく涙が出そうになった。

顔を伏せ、瀧子さんはうなじの辺りをがりがりと掻く。

「あーあ、私もいい加減ヤキが回ったかね。往生際が悪いっつーかなんつーか……あいつみたく潔くはいかないよな」

「あいつ？」

「どっかのバカなカッコつけのおっさんだよ。あの野郎、最後の最後に勝手なことばっか抜かしやがって。そのくせ、てめえはさっさとくたばってんだから世話ないよな」

語気荒く悪態をつきながら、瀧子さんは笑っていた。

古い友人。ぼくは、それを思い出す。人を信じ、人と共に生き、その思い出を抱いたまま、この世から消えていった神様の、最後の言葉を。

この国に八百万の神々が生まれた、そのわけを。

「仕事の話をしませんか、瀧子さん」

深く息を吸い込んで、ぼくは口を開いた。怪訝そうに、瀧子さんが顔を上げる。

「これは、契約です。お互いビジネスライクにいきましょう。労働と報酬の、公平なギブアンドテイクって奴です」

「なんの話だよ。契約のことなら、だからもう」

「願いを叶えて下さい、紫ちゃんの」

瀧子さんの顔が、こわばった。その顔を、ぼくは渾身《こんしん》の力で睨み付けた。

「本当に、本気で、見捨てられるんですか？　なんにもなかったことにして、知らん顔なんかしていいんですか？　千年生きた最後がそれで、ほんとに後悔しませんか？」

一歩前に踏み出し、ぼくは瀧子さんに詰め寄る。瀧子さんの瞳が、迷うように揺れた。

「しっかりして下さい。自分の中身は自分で背負って、前に進むしかないんです。できないなんて言わせませんよ。今まで、ぼくの前で散々偉そうなこと言ってきたのはどこの誰ですか。言っときますけどね、今更これ以上不甲斐《ふがい》ないこと言うようなら、ぼく、バカにしますから。なんなら今ここで尻叩いて笑いますよ。いいんですか？　ぼくみたいな冴えない顔の男に笑い飛ばされて、それでもあなたは、平気でいられるんですか？」

「尻叩くのかよ。せめて腹抱えるくらいにしとけよ、そこは」

こらえきれないというように小さく吹き出し、それから瀧子さんはチッ、と微かな舌打ちを漏らした。

「ったく、黙って聞いてりゃなんだかんだと……うるさい野郎だな。いつからそんなくそ生意気な口が叩けるようになったんだよ、え？」

ぎゅっと眉を引き絞り、瀧子さんは唇の端を力強く吊り上げた。

それでいい。その底意地の悪そうな笑顔を見て、ぼくは思った。少なくともその顔が、ぼくがよく知っている、この人らしさという奴だ。

「それで？　仕事の話にしちゃ、肝心の報酬の件が欠けてんじゃないのか？　言っとくが、まんじゅうの一箱や二箱じゃ聞けないぞ」

「バカにしないで下さいよ。これでもぼくは懐の広い男です」

笑みを浮かべて、ぼくは胸を張った。諦めないと、もう決めた。

何度叩かれても、起き上がらなければならない時が、人生にはあるのだ。

「全国総会の当日まで、あなたの命はぼくが責任を持って預かります。たっぷり利子付けて返してあげますよ。この先百年でも二百年でも、好きなだけスローライフを楽しんで下さい」

「はっ、そいつはまた、ずいぶんと太っ腹なこった」

豪快に笑い、瀧子さんは膝を叩いて立ち上がった。絹糸のような黒髪が、眩しい朝日を浴びてつややかに光り輝いていた。

「そこまで大口叩いたんだ。きっちり働いてもらうぞ、青年」

「お互い様ですよ。どうぞ心置きなく馬車馬《ばしゃうま》のように働いて下さい」

「馬車馬呼ばわりかよ。千年生きてきて初めて言われたぜ、そんなこと」

「じゃあぼくが史上初ですね。光栄です」

「マジで生意気になりやがったな、君。結構むかつくぞ、おい」

「鍛えられたんです、おかげさまで」

「まあどうでもいいや。おい、青年」

「はい？」

「ありがとうよ」

漆黒の瞳の真ん中が、鮮やかに笑った。

＊

「あ、もしもし田嶋くん？　俺だけど。あのさー、例のお礼参りなんだけど、今日行こうかと思っててさ。それで、よかったら一緒に行ってくれない？　俺、まだいまいち道順がさ、あんまり定かじゃないっていうか」

「すいません、今日はちょっと、どうしても外せない用事がありまして」

「あ、そうなの？　そっかー、じゃあ別の日にしようかなー」

「いや、今日がいいですよ。是非今日にして下さい。道順なら大丈夫ですよ、前にぼくが住んでたアパートの近所ですから、路地の入り口さえ間違えなければ」

「え？　あーうん、わかった。ところでさー、ちょっと聞いてくれる？　実はさー、一昨日だっけ、ちょっと店の様子見に行ってきたんだよね。ほら、仕入れの準備とかいろいろあるし。そしたら、店の前でばったり恭子ママに会っちゃってさー」

「あのすいません、今ちょっと手が離せないんで、その話はまた今度ということで」

強引に話を切り上げ、ぼくはカップ麵の容器を持ち上げて残ったスープを一息に飲み干した。口を拭って立ち上がる。午前九時。シャワーも浴びたし腹ごしらえも済ませた。そろそろ出かけなければならない。

まだ乾ききっていない髪を掻き上げながら、昨夜空になった財布に軍資金を突っ込む。携帯は充電済み。葛城家の庭先に放置してあった自転車はすでに回収してきた。

三十分ほど前、紫ちゃんから電話があった。八時間近くかかった手術の末、元大家はなんとか一命を取り留めたらしい。だが、意識が戻るかどうかは五分五分というところだそうだ。それに、体の麻痺《まひ》や言語障害などが残る可能性も高いという。つまり、勝負はまだ付いていない。

瀧子さんは今頃、ミツバちゃんの狐を借りて市立中央病院に乗り込み、元大家の病床に張り付いているはずだった。瀧子さんから連絡を受けて飛んできたミツバちゃんは、神気が低下している状態の瀧子さんを神域から連れ出すことについて、当初相当難色を示していたが、ぼくと瀧子さんが揃って拝み倒し、どうにかこうにか説得した。ただし、監督としてミツバちゃんが病院に同行し、瀧子さんの身が危険だと判断した場合には問答無用で社に連れ帰る、という条件付きである。

あとは任せたぞ。瀧子さんは、そう言い残した。

マンションを出て、ぼくは自転車に飛び乗った。坂道を一気に下り、店を開けたばかりの酒屋と和菓子屋で『千年桜』三升とまんじゅう三箱を仕入れて、再び坂道を引き返す。

三本の一升瓶は、さすがに重かった。どうにか石段を上りきり、息を切らしながら本殿の板戸を開ける。昨夜の猛ダッシュといい、明後日くらいに猛烈な筋肉痛が襲ってきそうな予感がひしひしと湧いた。しかし、ぼくの筋肉痛くらいで済むのなら安いものだ。

奥の祭壇を簡単に片付け、酒とまんじゅうを供えて、ぼくは板の間に正座をした。息を吸い込み、姿勢を正す。二礼、二拍手、一礼。

瀧子さんのいない社には、けれど、はっきりと彼女の気配が漂っていた。

「いってきます」

祭壇に向かって声をかけ、ぼくは立ち上がった。

石段を下り、自転車のスタンドを外す。ぼくの役目は後方支援だ。神無月の総会までに瀧子さんの神気を回復させることはもちろんだが、今はなにより、神域を離れて活動している彼女をサポートしなければならない。瀧子さんの命を支えるのは、神社に参拝する人の心。だが今のところ、確保できたと言えるのは森田さんだけだ。それでは全然足りない。

焦る頭を懸命に回転させながら林の中を半分ほど進んだ時、それは聞こえた。

「紫？　どうしたの、ちょっと」

「おい、紫！」

「いいから来て！　早く！」

はっとして、ぼくは反射的に自転車を引きずり、杉の木の間に身を隠した。別に隠れることもなかったかと遅れて思ったが、今更出ていって挨拶するわけにもいかない。

「なんなの、ここ。神社？」

「おい紫、やめなさい。なんでそんなに引っ張るんだ」

林の入り口、ちょうど鳥居の下辺りに、人影が三つ見えた。ほっそりとした小柄な影が二つ、背の高い影が一つ。小柄な影の一つが、もう二つの影の手首を摑んで、林の中にずんずんと入り込んでくる。

「お参りするの。おばあちゃんがよくなるように、お願いする」

「お参り？」

「おばあちゃんが前に言ってたの、さっき思い出したの。お父さんがまだ赤ちゃんだった時に、すごい熱が出て大変だったことがあって、その時おばあちゃん、ひいおじいちゃんに言われてここの神社にお参りしたんだって。そしたらお父さんの熱が下がって、すぐに元気になったって」

「ああ、そういえばそんな話、お義母《かあ》さんに聞いたことあるわ。お父さん、覚えてる？」

「いや、どうだったかな。だけど、一歳か二歳くらいの時に、ひどい熱を出したって話なら、そうだな、親父やお袋から何度か聞かされた気がするけど」

「だけど紫、そういうの嫌いだって、前に言ってなかった？　修学旅行の時だって、お友達はみんな天満宮で受験のお守り買ったのに、紫だけ買わなかったでしょ？」

「買うわけないじゃん！　そんな図々しいこと、恥ずかしくてできないよ！」

両親の手を引っ張って歩いていた紫ちゃんが、ぼくが隠れている木のちょうど真横辺りで、唐突に足を止めた。引っ張られていたお父さんとお母さんがつんのめるようにして立ち止まり、互いに顔を見合わせる。

「初詣とか、パワースポットとかさ、ああいうところにわらわら群がってる人の中に、普段からちゃんと神様を信じてる人がどれくらいいるわけ？　みんな、ただ自分勝手な願いごとするばっかりじゃん。失礼だよ、そんなの。そんな都合のいい話、神様だっていちいち聞いてくれないよ。別に暇じゃないんだからさ」

怒ったように、紫ちゃんは一気にまくし立てる。唖然《あぜん》としながら、ぼくはその横顔を見つめた。両親も、やはり言葉を失ったような顔で一人娘の姿を見ている。

「自分のことは自分でなんとかしろって、わたしが神様だったら言いたくなるよ。だけど、わたしがいくら頑張っても、おばあちゃんの病気は治せないから……わたしにできることなんか、もう他になんにもないからさ」

涙をこらえるように、紫ちゃんは頬を震わせる。両親の手を握っていた両手が、力なく離れた。

「お父さんが赤ちゃんの時、熱出した時にさ、もしもそのまま死んじゃってたら、わたし、産まれてなかったんだよね」

「え？　どうしたんだ、急に」

「お父さんとお母さんが結婚してなくても、産まれてなかったし。お母さんだって、もしかしたらわたしのこと、産むのやめようって思ってたかもしれないんだし」

「ちょっと、なに言ってるの、紫」

両親が困惑げに眉をひそめる。紫ちゃんは勢いよく振り返り、そんな両親の顔を見つめた。

「だってそうなんだよ。産まれてなかったかもしれないんだよ、わたし。なにかがちょっとでも違ってたら、ここにいなかったんだよ。お父さんも、お母さんも、わたしも。それって、ほんとにすごいことなんだよ。簡単になくしたりしちゃ、いけないんだよ」

ぼくは目を見張った。紫ちゃんの言葉が、胸のどこかに強く飛び込んできて、なんだか、喉の奥がひどく苦しくなった。

「お願いだから、大事にしてよ。せっかく、ここにいるんだから。家族なんだからさ」

涙ぐんだ声で、紫ちゃんはそう言った。

「もしおばあちゃんがここにお参りに来てなかったら、お父さん、赤ちゃんの時に死んじゃってたかもしれないんだよ。本当に神様が助けてくれたのかどうか、そんなの、わたしにはわかんないけどさ」

どうなのだろうと、ぼくは考える。瀧子さんは覚えているだろうか。四十年以上前に、願いを携えて自分のもとにやって来た、若い母親のことを。

今、その母親本人が、瀧子さんの目の前で生死の境をさまよっている。もう一度、彼女の力を必要としている。

「もしも、おばあちゃんの願いごとを叶えてくれた神様だったら、もう一回おばあちゃんのこと助けてくれるかもしれない。わたし、信じるよ。田嶋くんだって、きっと届くって言ってくれたもん。だから、絶対信じる」

そう言って、紫ちゃんはくるりと背を返した。林の中を駆け抜け、真っ直ぐに石段を上がっていく。その後ろ姿を見送っていた両親が、やがて、ためらいがちにお互いの顔に目をやった。そうして無言のまま、夫婦は娘のあとを追って杉林の中を歩き始めた。

きっと大丈夫だと、ぼくは胸の中で紫ちゃんに語りかけた。

ここの神様ならいつも割と暇だし、多少怠け者ではあるけれど、でもお客さんのことはいつだって一番大事に考えてくれる。だから、大丈夫。ぼくが保証する。

こっちが思うよりちゃんと、神様は話を聞いてくれているものだ。

家族三人の姿が石段の上に消えていくのを待って、ぼくは杉林を抜け出した。自転車のペダルを踏みしめる足が、ひどく軽く感じられた。

日曜日だったことが幸いしてか、佐倉氏は自宅にいてくれた。どうぞ上がって下さいと勧められたのを玄関先で固辞して、翔吾くんいますか、とぼくは訊いた。佐倉氏は特に訝りもせず、ちょっとお待ち下さいね、と言ってから、奥に向かって、おいで翔吾、田嶋のおにいさんだぞ、と声をかける。

ややあって、ロボットを抱えた翔吾くんがリビングから顔を出した。やあ、と笑いかけると、翔吾くんはぼくの前まで歩いてきて、ぷうっと頰を膨らませて唇を突き出した。単なる膨れっ面にしか見えないが、彼なりの愛想なのかもしれない。

「あのさ、この前ぼくとお参りに行った神社、覚えてるかな。長い階段があるとこ」

膝を折り、翔吾くんと視線を合わせて尋ねる。翔吾くんは考えるようにちょっと目を上に向けてから、こっくりと深くうなずいた。

「そっか。じゃあさ、道順は覚えてる？　お父さんと行こうと思ったら、行けるかな」

二つ目の問いに、翔吾くんは心許ない様子で首をひねった。まあ無理もない。

「あの、なんですか、神社って」

不思議そうな顔で、佐倉氏が口を挟む。子守りをしていた時、散歩がてら連れていったのだと説明すると、佐倉氏はぱっと顔を明るくして翔吾くんの顔を見下ろした。

「翔吾、じゃあそこにしないか？　お弁当、その神社に持っていこう」

「お弁当？」

今度はぼくが首をかしげる。佐倉氏は微笑んで翔吾くんの頭を撫でた。

「いい天気だし、ピクニックでも行こうかって話してたんですよ。まあ、近所の公園で遊んで、弁当を食べるくらいなんですけどね。普段、あんまり遊びに連れていってやれないもので。そうだ、よかったら田嶋さんもご一緒にいかがですか」

「え、ぼくですか？」

「ええ、翔吾も喜びますし。ちょっとはりきりすぎちゃって、おにぎりがすごい数になっちゃったんですよ。食べていただけると助かるんですが」

「それは、はあ、お誘いはありがたいんですけど」

今日はちょっと用事がありまして、と言おうとした時、突然、シャツの袖がぐいっと引っ張られた。口をへの字にした翔吾くんがぼくのシャツを摑み、金太郎みたいな目でぎょろっとぼくを睨む。

「えーと……そう、ですね。じゃああの、お言葉に甘えまして」

突き刺さるような翔吾くんの視線を感じながら、ぼくはあはは、と笑った。よかったな翔吾、と佐倉氏が言うと、翔吾くんはまたぷうっと頰を膨らませた。

翔吾くんと手をつなぎ、神社に向かう坂道を上る。こんなことをしていていいのだろうかという思いが何度も頭をよぎったが、翔吾くんの顔を見ていると、そんなことはとても言い出せなかった。片手には自慢のロボット、背中には戦隊ヒーローのイラスト付きリュックサックを背負い、翔吾くんは大声で、そのヒーロー番組の主題歌を歌っていた。同じ歌を繰り返し熱唱する翔吾くんの手を引き、あの路地を通り抜ける。杉林の方へ目を向けたところで、ぼくはふと立ち止まった。

鳥居の手前、舗装のない土の小道に、白い箱バンが一台、向こうを向いて停車している。まさかと思った時、運転席から赤いエプロン姿の女性が現れた。

ぼくの手を離し、翔吾くんが一目散に駆け出す。こちらに気付いたちはるさんが、あら、と言いながら目を丸くした。その足下に、翔吾くんが思いきり体当たりをする。小さな体を抱き留めて、ちはるさんはふわっと笑った。

「田嶋くん、翔吾くんも、どうしたの？　あ、かっこいいリュック。遠足？」

「ちはるさんこそ、どうしたんですか、こんなところで」

箱バンとちはるさんの顔、そしてその後ろの鳥居を、ぼくは順番に見やった。ちはるさんの髪には、見覚えのある水玉模様のシュシュが結ばれている。翔吾くんの手を握り、ちはるさんはなんだか恥ずかしそうに眉をハの字にした。

「それがね、入る道を一本間違えちゃったのよ。配達の途中だったんだけど」

「え？」

「ここ、行き止まりでしょう？　びっくりしちゃって。もうちょっとでガードレールにぶつかっちゃうところだったわ」

そう言って、ちはるさんは小さく肩をすくめた。ぶつかる？　と翔吾くんが尋ねると、大丈夫よ、ちゃんと止まったから、とにっこり微笑む。

ぼくはまた箱バンに目を向けた。ハンドルの脇に刺さったキーに、あの群青色のお守りがぶら下がっているのが見えた。

「あら、こんにちは」

ぼくの後ろに向かって、ちはるさんが声をかけた。こちらに歩いてきた佐倉氏が、先日はいろいろお世話になりました、とちはるさんに頭を下げる。

「翔吾、おいで。おねえさんはお仕事で忙しいんだから、邪魔しちゃ駄目だぞ」

「あら、いいんですよ。配達ならもう済みましたし」

「え、そうなんですか？」

思わず、ぼくは口を挟んだ。うなずいて目を細め、ちはるさんが肩越しに後ろを振り返る。石造りの鳥居の上で、重たげに葉を茂らせた杉の枝がざわめいていた。

「さっき引き返そうとした時に見かけて、なんとなく気になっちゃって」

苔むした鳥居を眺めながら、ちはるさんは微笑んだ。その横顔は、いつもと変わらず温かい。けれど、今までとはどこか違う。ぼくには、そんなふうに見えた。

「おまいり、する？」

唐突に、翔吾くんが口を開いた。ちはるさんが翔吾くんの顔に目を落とす。

「あら、じゃあ、翔吾くんたちもお参りなの？」

「おにぎり」

「え？」

「おにぎり、食べる。お父さんが作ってくれた」

そう言って、翔吾くんは背中のリュックサックをちはるさんに見せた。しゃがみ込んで翔吾くんの頭を撫で、いいわね、お父さんと遠足ね、と、ちはるさんは頬をほころばせた。

「それじゃあ、わたしもちょっとだけ仲間に入れてもらおうかしら。いい？」

翔吾くんの顔を眩しげに見つめ、ちはるさんが言う。

「おにぎり、食べる？」

「あら、わたしにも分けてくれるの？」

「わかめごはんと、うめじゃこと、しゃけ」

「うーん、全部美味しそうねえ……翔吾くんはどれが好き？」

「しゃけ」

いひひ、と、翔吾くんは歯を剝き出して笑った。

「ちはるさん、あの」

声をかけてから、なんと言っていいのかわからなくなり、ぼくは口ごもった。立ち上がって翔吾くんと手をつないだちはるさんが、穏やかな目でぼくを見る。

「あのね、田嶋くん」

「は、はい」

「わたしよく知らないんだけど、安産祈願って、どこの神社でも大丈夫だと思う？」

まじまじと、ぼくはちはるさんの顔を見つめた。どこかいたずらっぽい眼差しを浮かべて、ちはるさんはふふっと笑みを零した。

「全然……全然まったく、大丈夫だと思います」

泣きたいような笑いたいような気分で、ぼくはむやみに背筋を伸ばしてそう答えた。

佐倉氏と翔吾くん、ぼくとちはるさんがそれぞれ並び、石段を上った。かみさま、おにぎり食べる？　と翔吾くんが言うと、そうだな、お裾分けして食べてもらおうか、と佐倉氏は朗らかに答えた。

「あれ？」

参拝をしようとした時、ぼくはふと首をかしげた。見覚えのないものが、社の前に置かれている。今朝ここに来た時には、確かになかったはずのもの。

「どうかしました？」

佐倉氏に問われ、いえ別に、と慌てて首を振る。佐倉氏は数枚の小銭を賽銭箱に投げ入れ、翔吾くんを抱き上げた。嬉々とした様子で翔吾くんが縄を引っ張り、がらんがらんと鈴を鳴らす。

その音を聞きながら、ぼくは格子扉の前の階段を見つめていた。別に大したものではない。それは、大福とみかんだった。ビニールに包まれた大福が一つと、まだ皮に青い部分を残したみかんが一つ、階段の中段辺りにぽつねんと鎮座《ちんざ》している。

誰だろう。紫ちゃんが置いていったのか、それとも、村瀬氏があれからまたやって来たのだろうか。

ぱん、ぱん、と柏手の音がしたので、ぼくも急いでそれに倣《なら》った。四人並んで参拝を終えると、佐倉氏が砂利の上に遠足用のビニールシートを敷き、そこに弁当を広げる。翔吾くんのリュックから出てきたタッパーには、おにぎりがぎっしり。そして、佐倉氏が提げてきた二段重ねの重箱には、玉子焼きだの唐揚げだのウインナーだのがこれまたぎっしり。どう見ても親子二人で食べきれる量ではない。はりきりすぎたというのは本当のようだ。

お店があるので帰らなければならないというちはるさんに、翔吾くんがさっそくおにぎりを一つ手渡す。ありがとう、と言って、ちはるさんはそれを一口齧った。あら美味しい、うちのお母さんより上手だわ、と真顔で感心しているのがなんだかおかしかった。

手を振って帰っていくちはるさんを見送ってから、三人で弁当を食べた。翔吾くんは鮭のおにぎりを夢中になって頬張り、ぼくもまた、佐倉氏お手製のおかずの数々を遠慮なく抓ませてもらった。瀧子さんがここにいたら、絶対自分も食べたいと駄々《だだ》をこねただろう。あの人の場合、こっそり背後から忍び寄っておかずを掠め取っていた可能性もある。

「いいところですね、ここ」

　水筒のお茶を啜りながら、佐倉氏が言った。

「なんだか、田舎を思い出しました。僕の実家の近所にも、こんな感じの神社があるんですよ。今はもう、地元のお年寄りがたまにお参りに行くくらいの、寂しいところになっちゃいましたけど」

　懐かしそうに目を細め、佐倉氏は微笑む。

「今度、また来ますよ。翔吾も気に入ってるみたいですし」

　うなずき、ぼくは社に目を向けた。たあっ、とうっ、と声を上げながら、翔吾くんは社の周りで、ロボット片手にヒーローごっこに勤《いそ》しんでいた。

　何十年か昔、あの村瀬氏も、こんなふうにここで遊んでいたのかもしれない。仲間を引き連れて、きっと、瀧子さんが顔をしかめるほど賑やかに。

「こら翔吾、あんまり騒ぐとバチが当たるぞ。神様が怒ったら、お父さんよりもっと怖いんだからな」

　脅かすように、佐倉氏が言う。ぼくは声を上げて笑った。

重箱とビニールシートを片付け、そろそろ帰ろうとしていた時のことだった。境内を飛び回っていた翔吾くんが、なにかに気付いたようにびくりと足を止めた。真ん丸く見開かれた目が、石段の下に向けられている。

「翔吾くん？　どうかした？」

声をかけると、翔吾くんは珍しくひどくこわばった顔をして、転がるようにぼくのところへ駆けてきた。ぼくの脚に抱き付き、ジーンズをぎゅっと握りしめる。

「どうしたの？　なんかあった？」

翔吾くんの背中に手を回して尋ねる。佐倉氏がこちらに歩み寄ってきた。ぼくの脚に掴まったまま、翔吾くんはぼそぼそと口を動かす。

「え、なに？」

「もじゃもじゃ」

「は？」

「もじゃもじゃ星人」

なんだそれ、と訝しみながら、ぼくは石段の方を見やった。誰かが上ってくる。その人物の頭のてっぺんが視界に入った瞬間、全身の力が抜けそうになった。

「あれ。なにやってんの、田嶋くん」

もじゃもじゃ星人こと森田さんは、こちらを向いてなんだか間の抜けた声を上げた。立派な熨斗《のし》のかかった一升瓶二本と、まんじゅうが十箱は入っていそうな特大の紙袋を、重たそうに両手に提げている。

「いくらなんでも、買いすぎじゃないんですか、それ」

顔を引き攣らせながら、ぼくは言った。

「ええ？　だって田嶋くん、奮発しろって言ったじゃん」

すっごい重かったんだよ、これ。

不満そうに口を尖らせ、森田さんははああ、と肩を落としてアフロを揺らした。


「これ、お前にやる」

夕暮れの空は、きれいなオレンジ色に焼けていた。ついこの前まで蟬が鳴いていたと思ったのに、気付けば赤とんぼが舞っている。

「やるって、なんで」

板張りの狭い台所に立ち、コンロにかけた鍋の中を覗き込んでいた鬼ヶ岳は、ぼくが突き出したものを見て眉を寄せた。

「もう他に当てがないんだよ」

「使わなかったってこと」

「違う。当てがないんだ。いいから、ほら」

群青色のお守りを、ぼくは鬼ヶ岳のシャツのポケットに押し込んだ。これが最後の一つだ。同時に、これで持てる手段はすべて使い果たしたことになる。

「ぼくって、知り合い少ないよな……」

台所の床に目を落とし、嘆息する。今日一日で集めることができたのは、ぼく自身を除いて計七人。目の前の無表情男を含めても、たった八人でしかない。これが、長年簡便な人生を愛してきた報いという奴だろうか。

「ていうか、なんか顔色悪い」

「悪くもなるよ。徹夜で走り回って、その上宇宙怪人ごっこまでさせられて」

「宇宙怪人てなに」

「ぼくだってよく知らないよ。とにかく、ちょっと寝かせろ。もう死ぬ」

四畳半に上がり込み、ぼくは畳の上にごろりと横になった。たかが子供のヒーローごっこだと思って、安請け合いしたのが間違いだった。手加減なしで襲いかかってくる五歳児がどれほど恐ろしいものかは、体験した人間でなければわかるまい。もっとも、主に被害に遭ったのはどちらかというと森田さんの方である。まあ、もじゃもじゃ星人なのが悪い。

「お前さ、これからそのお守り持って、紫ちゃんち行け」

畳まれた布団の上から手探りで枕を引っ張り寄せ、頭の下に入れながら、ぼくは言った。鍋の中身を木べらで掻き混ぜながら、鬼ヶ岳がこちらに目をくれる。

「なんで」

「昨日の夜、おばあさんが倒れたんだよ。今朝までずっと手術だったんだ」

木べらを持つ鬼ヶ岳の手が、ぴたりと止まった。蕎麦殻《そばがら》入りの枕に頭を預け、ぼくは目を閉じる。

「脳卒中だった。とりあえず命に別状はないけど、意識が戻るかどうかわからない。紫ちゃん、心配してる」

「それはわかるけど、だからってなんでおれ」

「様子見に行ってやれよ。あそこんちには、お前だっていろいろ世話になっただろ、家庭教師の時」

「電話すれば」

「直接行け。それからな、行く途中でなにか妙なことが起きても、あんまり深く考えるな。あくまでも自然に、流されるままに行動しろ。いいな」

「どういう意味」

「わからなくていい。とにかく早く行け。豆なんかあとで煮ればいいだろ」

「今日はひじき」

「どっちでもいいよ、そんなの」

ふう、と鬼ヶ岳は薄く吐息を漏らした。それから、コンロの火を止めるかちりという音が聞こえた。

「お前もさ、たまにはちょっとくらい期待してみろよ」

半分ほど眠りに落ちながら、ぼくは呟いた。鬼ヶ岳が聞いているのかどうかは、よくわからなかった。

「諸行は無常だし、万物は流転するし、執着するのなんか、疲れるだけかもしれないけどさ。だけど、願うのは別に無駄じゃないと思うんだ。なにかを願うって、希望を持つってことだろ。せっかく生きてるんだから、希望くらい持ちたいじゃんか。きっとできるとか、絶対大丈夫とか、思ってたらそうなるってことも、ないわけじゃないと思うし」

駄目だ、眠い。もう口も上手く回らない。やっぱり、徹夜なんてするもんじゃない。

「別に、無駄だとは思ってない、おれも」

遠くで、鬼ヶ岳の声がした。返事をしようとしたが、できなかった。ぬるま湯のような柔らかな暗闇の中に、ぼくの意識は真っ直ぐに降下していった。

目が覚めて携帯を見ると、十三時十二分だった。

なんだまだ十三時じゃないか、余裕余裕、と思いながら寝返りを打った瞬間、頭に冷水をぶっかけられたように、ぼくは唐突に覚醒した。

「うわっ!」

叫び声と共に、文字通り飛び起きる。

十三時。十三時って一体なんだ。

「どんだけ寝てんだぼく……バカか……」

四畳半に鬼ヶ岳の姿はなかった。窓からは皓々《こうこう》と日が差し込んでいる。

アパートを飛び出し、ぼくは自転車を探した。焦りばかりが募って、鍵を外すのに何度も失敗した。

あれから、病院の方はどうなったのだろう。瀧子さんはどうしているのだろう。

立ち漕ぎで坂を上りながら、思いきり歯嚙みする。鬼ヶ岳に起こしてくれと頼まなかったのが痛恨の失敗だった。しかし、二十時間も寝ている人間を起こそうともしないあいつもあいつだ。こんなことをしている間に、なにか取り返しの付かないことが起きていたら。

そう考えるだけで心臓が冷えて、漕いでも漕いでも自転車が前に進まない気がした。

ようやく、あの路地の手前に差しかかった時のことだ。前方から、ふぇっふぇっふぇっふぇっ、という珍妙な笑い声が聞こえてきて、ぼくははたと足を止めた。

「だけどあんたもまあ、いい年して欲が深いことだわ。そんなに欲深だと成仏できんよ」

「あんたに言われたかないわ。こんなことに年金使って、おじいさんに怒られるがね」

「黙っとりゃあわからんもの、構わんがね。大体、あたしなんかささやかなもんだわ。最近孫がね、新しいゲーム機が欲しいってねだるもんだからね」

「まーたそうやって甘やかしてからに。そんなだからお嫁さんに叱られるんだがね」

「いいがねいいがね、たまーにだもの。可愛い孫に小遣いくらいやりたいがね」

「まあ、取らぬ狸の皮算用いう奴だわ。こうやって夢見とるうちが華」

「それもそうだわ。こういうの、なんだか生きとるいう気がしてくるで不思議だわねえ」

「そうそう。こうやって元気にしとられるうちに、楽しまんと損だがね」

「あんた、そりゃやっぱり欲深ちゅうもんだわ」

明らかに見覚えのある老婦人二人は、ふぇっふぇっふぇっふぇっ、とまた笑い声を上げながら、のんびりとした足取りでぼくの横を通り過ぎていった。からからと、買い物カートのタイヤが音を立てる。

双子のような二人組の丸い背中を振り返って見つめてから、こんなことをしている場合ではないと思い直し、ぼくは再び自転車を漕いで左手に見えた路地に入った。急な坂を一気に下り、ぎゅっとブレーキをかけて右に曲がる。路面の悪い土の小道を突き抜け、林の中を疾走し、石段の下で自転車を乗り捨てた。自転車が倒れるのもそのままにして、石段を駆け上がる。

境内には誰もいなかった。息を切らしながら、ぼくは左右を見回す。

「瀧子さん？　いるんですか？」

声をかけたが、返事はない。まだ戻っていないのだろうか。

それとも、まさか。

嫌な考えが湧き上がってくるのを必死で押しのけながら、ぼくは賽銭箱に歩み寄った。きっとまだ間に合うはずだ。どんなことをしてでも、ここに人を集めなければ。あとは任せると、瀧子さんが言ってくれたのに。

すがるような思いで、小さな社を見つめた時だった。

「なんだ、これ……」

ぽかんと、ぼくは口を開けた。わけがわからず、頭の中が真っ白になった。

増えている。

昨日見た、大福とみかん。その隣には、翔吾くんがお供えしたおにぎり。一番上の段には、森田さんが買ってきたまんじゅうの山と一升瓶二本。そこまではいい。

カップ酒が二つ。銘柄の違う缶ビールが三本。赤飯のようなものが入ったナイロンのパックが一つ。固焼きせんべいの袋。バナナが一本。栗まんじゅうの包みが二つ。ペットボトル入りの日本茶。安物のチョコレート菓子が一箱。

そんなものが、格子扉の前の階段にずらずらと並んでいる。

しばらくその場に立ち尽くしてから、ぼくはじわじわと足を動かした。もつれる足で本殿の横に回り込み、板戸を引き開けて中に飛び込む。

「瀧子さん！　いないんですか！」

叫んだが、やはり返事はない。薄暗い社の中はひっそりと静まり返り、奥の祭壇には昨日の朝ぼくが供えた酒とまんじゅうが、そのままの姿で並んでいた。

「ちょっとママ、待ってよー」

突然、表の方から若い女性の声がした。飛び上がるほど驚いて、ぼくは開けっ放しにしていた板戸に手をかけた。できる限りすばやく、そしてできる限り音を立てないように、戸を閉める。

「そんな高いヒールなんか履いてくるからよ。さっさといらっしゃい」

「だってー、まさかこんなすごい階段だと思わないじゃん」

四つん這いになり、ぼくは壁沿いに歩いて格子扉の脇ににじり寄った。汚れたガラスに顔を寄せ、外の様子を確かめる。

「ママ、ほらあったわよ、神社。ここでいいんでしょ?」

最初に石段から姿を見せたのは、長い茶髪をぐりんぐりんにカールさせた、短いスカートの女性だった。どぎついキャバクラ風メイクをしているのが、曇りきったガラス越しでもよくわかる。

「あらまあ。なんだか、ずいぶんぼろっちいのねえ。ほんとに大丈夫なの、ママ」

続けて上がってきたのは、黒髪ストレートのおっとりとした風貌の女性だ。こちらは打って変わって、ジーンズに薄手のカーディガンというカジュアルな服装である。

「なに言ってるのよ。古めかしい方が風情があっていいじゃないの。そんなバチ当たりなこと言うとご利益がなくなるわよ」

そして、三人目。浅葱色《あさぎいろ》の上品な着物に身を包んだその女性の顔を見て、ぼくはあんぐりと口を開けた。

四十代半ばに見えるが、実年齢は誰も知らない。海千山千、百戦錬磨の夜の蝶。町内おばさんネットワークの総元締め。

スナック『パピヨン』の、恭子ママだった。

「あーもう、つっかれたー……超足痛いんだけど。ありえない」

そして、最後の一人が境内に到着する。バカ高いハイヒールに、生足剝き出しのショートパンツ。明るい茶色のセミロングヘアに、ふわふわとしたパーマをかけている。

「さあさ、お参りするわよ。あんたたち、買ったくじ出しなさい」

威勢のいい恭子ママの言葉に、女性三人ははーいと返事をして、それぞれバッグの中をごそごそと漁ると、取り出したなにかを恭子ママに手渡した。恭子ママは社に歩み寄り、受け取った紙束のようなものを階段の中ほどに並べていく。

「さてと、これでいいわね。さ、あとはお供えを置いて、と」

「ちょっとママ、なによそれ！　そんな高いシャンパン持ってきたの？」

「うるさいわねえあんたはいちいち。お供え物なんだからけちけちしないの。大体、これで一等が当たってごらんなさいよ。こんなシャンパンくらい、いくらだって買えるんだから。あの冴えないアフロ坊やは、たかが百万そこそこだったかもしれないけど、あたしたちならきっともっと上が狙えるはずよ、上が」

鼻息も荒く、恭子ママは着物の胸をぐっと反らせる。上、という言葉に反応したのか、女性たちはそれぞれにうふふ、と若干危なげな笑みを浮かべて目を遠くした。

四人は順番に賽銭を投げ、がらがらと鈴を鳴らし、それから揃ってぱん、ぱん、と大きく柏手を打つ。真剣な顔で拝む四人の顔を見つめてから、ぼくはそろそろと顔を引っ込め、板壁に背中を預けて床にぺたりと尻を突いた。

「さあ、絶対当てるわよ、一等二億！」

「二億かあ……もう絶対旅行と買い物よね。ミラノでしょ、パリでしょ、香港でしょ」

「そういえば、そろそろお寿司が食べたいなって思ってたのよねえ。もうじきサンマが美味しい季節だし、脂の乗ったところを熱燗《あつかん》でこうくいっと」

「えー、寿司より焼肉でしょ絶対！　こないだテレビで、すっごい美味しそうなの見ちゃってさー。百グラム五千円とかすんだよ。やばくない？」

「あんたたちねえ、取らぬ狸の皮算用って言葉、知らないの？」

そんなかまびすしい声が次第に遠ざかっていき、やがて、境内には再びひそやかな静寂が満ちた。木々のざわめきが、微かに聞こえた。

「は、はは……」

暗い天井を見上げながら、気付くと、声が漏れていた。

「ははは、は……あ、ありえねえ」

もう辛抱できなかった。腹を抱え、身をよじり、ぼくは大声を上げて笑った。笑いすぎて滲んだ涙が、視界をうっすらと歪めた。いい加減疲れ果て、板の間の真ん中に大の字に横たわって、それでもまだ、ぼくはくつくつと喉を震わせていた。

「今の、見てましたか、瀧子さん」

天井に向かって、呟いた。返事はなかった。けれど、それでもいいと思った。

太陽が傾き、日が暮れ、夜が来ても、ぼくはその場から動かなかった。そしてまた、いつのまにか眠っていた。いくつか夢を見た。どれもこれも脈絡のない、むちゃくちゃな内容だったが、夢の中のぼくは、なんだかんだ言いながらもずっと笑っていた。

目が覚めたのは、声が聞こえた気がしたからだった。

社の中は、ぼんやりと明るかった。格子扉から、白い光が差している。朝だろうか。

きゅうん、という小さな声が耳元で響いた。続けて、なにか湿ったものが、つんつんとぼくの額を突っつく。

「百郎丸……？」

仰向けになったまま、ぼくは呟いた。ぼくの枕元にちょこんと腰を下ろしていた真っ白な子狐が、くうん、と鼻を鳴らしてぱたぱたと尻尾を振るのが見えた。

「えっ、なんで……どうしてここに」

慌てて起き上がり、ぼくは百郎丸を抱き上げた。長い尻尾を振りながら、百郎丸は金色の瞳でぼくを見上げ、きょん、と満足げに一声鳴いた。それから、ぼくの胸から肩を伝って頭の上に乗り、もぞもぞと丸くなる。

「おい、百郎丸？」

戸惑いながら、頭の上にそう声をかけた時だった。

正面の格子扉が、軋んだ音を立てながら外に向かって開いていく。明るい光が差し込み、ぼくは思わず目を細めた。

「これは、田嶋殿。こちらにおいでだったのですか」

よく知った声が、光の中から聞こえた。眩しさに負けそうになる目を、必死で凝らす。

「先程、百郎丸をお呼びに参らせたのですが……おや、来ておったか。そうか、ちゃんと匂いを覚えておったのだな」

ワンピースを着た女の子の姿が、初めに目に入った。それから、その女の子の肩に腕を回し、もたれかかるようにしてどうにか立っている、彼女の姿が。

「よう、青年」

懐かしいその声は、今はひどく苦しげで、力なく掠れていた。

百郎丸を頭に乗せたまま、ぼくはふらふらと立ち上がった。青白く血の気が失せ、少しやつれたようにさえ見える顔で、彼女はにっと笑っていた。

「待たせたな。仕事、きっちり片付けてきたぞ」

白いTシャツから伸びた左腕を持ち上げ、瀧子さんはぼくに向かって、ぐっと親指を突き出してみせた。その長身を小さな体で支えながら、やはりどこか疲れの滲んだ顔をして、ミツバちゃんが呆れたように微笑む。

言葉は、なにも出てこなかった。唇を嚙みしめ、ぼくは親指を立てた右手を思いきり前に突き出した。

心底愉快そうに、瀧子さんは白い歯を覗かせて笑った。

この人が笑っているだけで、ぼくはこんなにも簡単に幸せになれる。

そんなこと、本人の前では口が裂けたって言えやしないけれど。

二人の神様に向かって、ぼくは駆け出した。宇宙怪人を前にしたヒーローみたいな勢いで、両腕を広げて飛びかかる。ミツバちゃんが真ん丸く目を見張り、瀧子さんが呆気に取られたように口を開けるのが見えた。

頭の上の百郎丸が、きょん、とうれしそうな鳴き声を上げる。

＊

「俺、もうアフロやめようかなあ……」

湯気の立つ天ぷら蕎麦を手繰《たぐ》りながら、不意に森田さんが言った。鴨南蛮のつゆを啜り、ぼくは首をひねる。隣では、鬼ヶ岳が黙々と山菜蕎麦を食べている。

「どうしたんですか、急に」

駅前の手打ち蕎麦屋は空いていた。昼食には幾分遅いし、かと言って夕食には早すぎる時間だ。窓の外には、半分ほど葉の落ちた街路樹が覗いていた。もう秋も終わりである。気の早いところでは、そろそろジングルベルの音色が聞こえてくる時期だ。

「だって、いい加減嫌になってきたし。そりゃさ、最初のうちはちょっとうれしかったけど、毎日だよ？　毎日」

「別にいいじゃないですか、客寄せだと思えば。話題みたいですよ、幸運のアフロ」

噂の尾鰭《おひれ》って奴、と鬼ヶ岳がぼそりと呟く。

「やめてよ、ほんと……あーでも、アフロやめたせいでお客さん減ったりしたら、俺立ち直れないもんな。どうしよう」

海老天をつつきながら、森田さんは口を尖らせた。

三ツ葉山駅前のバー『カレイドスコープ』の店長のアフロに触ると幸運になる。

近頃、鰊町界隈ではそんな珍妙な噂がはびこっているらしい。おかげで、営業を再開した『カレイドスコープ』は連日目の回る忙しさだ。しかし、鬼ヶ岳の言う通りこれは噂の尾鰭という奴で、尾鰭があるからには胴体も頭もある。

「ていうか、そもそも森田さんが自分でばらしちゃったんじゃないですか。迂闊に喋らない方がいいって、ぼくちゃんと言いましたよ」

「いや、だってさ……あのママに根掘り葉掘り訊かれて、隠し通せると思う？」

「思いません」

「あの時はこんなことになるなんて思わなかったしさ。ほんと、人の噂って怖いよね」

「まあでも、それも七十五日って言いますから。そろそろ落ち着くんじゃないですか。あんまり深く考えない方がいいですよ。どうせ一時のことだろうし」

「簡単に言うよなあ。田嶋くんもさ、一回アフロにしてみれば俺の気持ちがわかるよ」

「結構です。別にわかりたくないんで」

「なんか田嶋くん、最近微妙にキャラ変わったよね。そんなざっくりしてたっけ？」

不審そうに言い、森田さんはずるずると蕎麦を啜る。もさもさと山菜を咀嚼しながら、確かに、と鬼ヶ岳が呟いた。蕎麦を手繰りつつ、ぼくはさりげなく視線をよそにやる。

「別に変わりゃしないですよ。本来、ぼくはこういうドライで孤高な空気を漂わせるタイプなんです」

「いや、なにもそんなかっこいい感じには言ってないけどさ……まあいいや。俺、田嶋くんには正直感謝してるからさ。どんなキャラでも別に突っ込まない」

割り箸を置き、緑茶の湯呑みに手を伸ばしながら、森田さんが言った。不意を突かれて、ぼくは箸を止める。

「は？　感謝って、なにがです？」

「なにがってことはないじゃん。いろいろ世話になったしさ」

「宝くじのことなら、あれは別に」

「いや、まあそれもあるけどさ……でもそれだけじゃなくて」

照れ臭そうに笑い、森田さんは音を立てて緑茶を啜る。

「正直さ、俺、いろいろひどかったじゃん。店も一回駄目にしちゃったし、借金作って、夜逃げまでしてさ」

「はあ」

「実家の農業継ぐのが嫌で、北海道から逃げてきたのに、結局また失敗して逃げてさ。俺にはもうなんにもないんだって、ほんと思って。今だから言うけど、もう生きててもしょうがないよなとか、考えたりもしたんだよね」

軽くぎょっとして、ぼくは森田さんの顔を見つめた。言葉の重さをごまかすように、森田さんはまたははっと笑う。

「絶望ってこんな感じかな、とかさ。だけど、なんか変わったんだよね。原嶋がさ、説教しながら不味い飯食わせてくれたりとか、田嶋くんが何回も電話くれたりとか、帰ってこいって言ってくれたりとかさ。店も、また一緒にやろうって言ってくれたし。まあ、いきなり宝くじ買えとか、神社で当選祈願しろとか、正直、田嶋くんどうしちゃったんだろうって思って、かなり引いたりとかもしたんだけど」

「は？　ちょっと、初耳なんですけどそれ」

「いや、でもさ、うれしかったのはほんと。なんか、別になんにもないわけじゃないなっていうか……一人で生きてるわけじゃないんだなって、ちょっと思って」

湯呑みを置き、森田さんはテーブルの上で両手の指を組んだ。

「俺のこと、どっかで見ててくれる人がいるんだなって、思ったんだよね。でまあ、何かお参りとかしてるうちにさ、神様っていうのも、同じようなものなのかなって」

「え？」

「自分の力で頑張らなきゃいけない時って絶対あるけどさ、一人でずっと頑張るのって、やっぱしんどいじゃん。だけどそういう時でも、誰かが見ててくれるって思うとさ、なんか、気持ちがしゃんとするんだよ。俺はまだ大丈夫なんだなって、思えるっていうか」

神様を信じるってさ、自分を信じるっていうのに、ちょっと似てるよね。

照れ臭そうに笑って、森田さんはそう言った。

一生懸命励みますから、どうか見ていて下さい。

昔、村瀬氏が幾度となく瀧子さんに願ったという言葉を、ぼくは思い出した。

それは、ちっぽけなことかもしれない。でも、誰かが見守っていてくれると思うだけで、踏み出す一歩に大きな勇気をもらえることだってあるかもしれない。だとしたら、それはきっとどんな奇跡を起こすよりもすごい力だ。この国の神様たちが持つ、最強の力だ。

ぼくらの日々の暮らしの隣に、いつだって神様はいてくれる。胸を張れ、しっかりしろと、怒られることだってあるかもしれないけれど。

森田さんの顔を見やり、ぼくは心地よく笑った。

蕎麦屋を出たところで二人と別れ、ぼくはそのまま通り沿いにある和菓子屋に入った。すっかり常連になったぼくに、売り場のおばさんが愛想のいい声をかけてくれる。冬の新作というポップが付いた大福があったので、六個入りを三箱買って紙袋に入れてもらう。

ぶらぶら歩きながら、ぼくは坂道を上っていった。時折吹き抜ける風の冷たさに、首をすくめてブルゾンの襟元に顔を埋める。

「遅いぞ青年。なめてんのか君」

立て付けの悪い板戸を開けると、中から尖った声が飛んできた。

「だから、別に待ち合わせなんかしてないじゃないですか」

軋む板の間に上がり込み、縁の下にスニーカーを隠す。

「生意気言ってるとひねり潰すぞ、この野郎」

相変わらず暴言ばかり吐くその口は、けれど、にんまりと笑っていた。

神様のいない月は終わった。この人は、こうしてここに帰ってきた。

「大福、いらないんですか？　せっかく冬の新作なのに」

顔の前に紙袋をぶら下げ、ぼくは首をかしげる。

「新作？　中身は？」

「抹茶餡に、たっぷり生クリーム」

「よっしゃ」

彼女の笑顔が、今日もこの場所で、ぼくを出迎える。

優しくておっかない、ひぐらしの神様が。

本書は、書き下ろしです。

ひぐらし神《じん》社《じゃ》、営《えい》業《ぎょう》中《ちゅう》

東《あずま》 朔《さく》水《み》

2014年3月5日初版発行

発行者……奥村 傳
発行所……株式会社ポプラ社
〒160-8565 東京都新宿区大京町22-1
電話……03-3357-2212(営業)
03-3357-2305(編集)
0120-666-553(お客様相談室)
ファックス……03-3359-2359(ご注文)
振替……00140-3-149271
フォーマットデザイン 荻窪裕司(bee's knees)
組版・校正 株式会社鷗来堂
印刷・製本 凸版印刷株式会社

乱丁・落丁本は送料小社負担でお取り替えいたします。
ご面倒でも小社お客様相談室宛にご連絡ください。
受付時間は、月～金曜日、9時～17時です(ただし祝祭日は除く)。

ポプラ文庫ピュアフル

ホームページ http://www.poplarbeech.com/pureful/

N.D.C.913/270p/15cm
ISBN978-4-591-13936-3